LOCUS

LOCUS

L O C U S

LOCUS

在時間裡，散步

walk

薛西弗斯的神話

Le Mythe de Sisyphe

闡述荒謬哲學的評論文章

卡繆

Albert Camus

導讀
荒謬與反抗

王丹（詩人、美國哈佛大學歷史系博士、中國民主運動人士）

我們生活所在的這個世界，以及我們的生命本身，都充滿了各式各樣的荒謬。當我們不思考的時候，這些荒謬並不是那麼顯眼；但是一旦我們開始思考，就會發現荒謬無往而不在。而人生最大的荒謬，就是關於生命本身：我們不願看到自己老去，我們不願生命終結。人類為了抗拒衰老，自古以來就進行了無數的努力，然而，生命的每一步都帶領著我們走向衰老，最終走向死亡。我們所有的努力，都無法抗拒這個趨勢。於是，舊的一代人死去了，新的一代人生出來，繼續這個抗拒衰老到走向死亡的過程。一遍又一遍，循環不已。這，就是卡繆在《薛西弗斯的神話》這本書中給我們描述的世界的荒謬圖景：眾神懲罰薛西弗斯，命他不停地推著一塊巨石上山，到了山頂，巨石又以自身的重量滾落下來，如此循環往復。一切努力看上去都是徒勞，這是神話為世人展現的荒謬，如此清晰，如此殘酷。

除了生命與衰老之外，我們的一生還會遇到很多的荒謬：卡繆給出的例子是：「這個世界的晦暗難解和詭異疏離，就是荒謬」、「面對人類本身的非人性而感受到的不安，面對我們自己而感受到的無法估量的挫折感，也是荒謬」、「他隸屬於時間，驚恐地發覺時間是自己最邪惡的敵人。應當全力拒絕明日來臨之時，他卻企盼著明天。這肉體的反抗，即是荒謬」。問題是：我們要如何面對這樣的荒謬？我們要如何在這樣的荒謬中生存下去？這才是卡繆這本書的重點，也是這本書值得我們仔細閱讀和思考的原因。

在《薛西弗斯的神話》一書中，卡繆是從自殺問題開始談起的。這當然是非常適當的起步，因為如前所述，生命本身就是最大的荒謬，有些人因為無法化解這樣的荒謬，最後選擇了自殺。而自殺這種行為，來自於一個人最隱私、最內心的掙扎，每個自殺者走向這個悲慘的結局，都是自己的選擇，或者說，都是自己選擇了放棄。中國有一部電視劇《老九門》，是描寫盜墓的故事，其中講到有三塊遠古時代從天降落的隕銅，具有巨大的魔力，可以把每個人內心的「心魔」引出來，讓人進入幻覺而癲狂。自殺，就是「心魔」出現的結果。在卡繆看來，也是不應該的行為。在這本書中，他告訴我們要怎樣反抗這樣的心魔。所以，「反抗」，其實是《薛西弗斯的神話》一書比較隱晦的主題，如果我們把這本書，與卡繆的另一本經典《反抗者》結合起來閱讀，就更可以看出作者思想的一貫性。

讀《反抗者》，很多人以為就是反抗體制，反抗暴政，反抗一切不合理的現象。而這些，其實是對卡繆的誤讀。因為這些都是屬於社會反抗的範疇，而卡繆作為一個哲學家，他更關心的是我們的內在世界。「反抗」在卡繆這裡，更多的是指向各人的內心。他是想提出一些主張，讓我們首先反抗自己的「心魔」。因為只有如此，我們才能去更好地進行社會反抗。

在卡繆看來，真正的反抗，應當轉向自己的內心。這一點在今天讀來，更具有耐人尋味的意義。我們現在有太多的宗教，並不是潛心向內去探究自己的靈魂，去尋求自己的內心與神之間的對話；相反的，他們更熱衷於向外去面對外在的世界，介入社會的公共事務。這是宗教的力量還沒有強大到讓世人足以面對荒謬的世界的重要原因之一。

那麼，我們要如何從內心去反抗荒謬呢？還是讓我們從薛西弗斯的神話說起。卡繆給我們揭示了薛西弗斯是如何面對徒勞無功的荒謬行為。他指出：「薛西弗斯這眾神世界中的小人物，無力對抗卻又反抗，他清楚地明白自己生存的境況是如此悲慘：這正是他走下山時所思考的。這個清醒洞悉折磨著他，卻也同時是他的勝利。只要蔑視命運，就沒有任何命運是不能被克服的。」這正是卡繆反抗思想的核心：當我們面對不可克服的荒謬的時候，用自殺這樣的方式放棄是無用的，我們應當「蔑視」荒謬，接受並承擔起這樣的荒謬。接受與承擔的意義，瓦解了荒謬對人的靈魂的摧殘，人生的意義由此而昇華。換句話說，知其不可為而為之，就是戰勝荒謬的不二法門。

在民主退潮的今天，很多想投入社會反抗的人，都會感受到內在的焦慮：孤單、不被大多數人理解、因為失敗而產生的挫折、因為挫折而產生的絕望等等。對於社會反抗者來說，這些焦慮都是「心魔」。社會反抗者，必須首先回到自己的內心，反抗自己內心的這些「心魔」，戰勝自己內心的這些焦慮。這可能比對抗外在的暴政更難，但是也比對抗外在的世界更重要。明瞭自己生活在一個荒謬的世界，並且決定面對這樣的荒謬，承擔這樣的荒謬，在這樣的荒謬中堅持自己的追求。一個人要投入社會反抗，必須首先進行這樣的心理建設，這是社會反抗運動的必修課。而我們過去，太關注如何組織示威，如何培訓反抗的技巧，卻忘記了培養反抗者建設一個強大的內心世界。卡繆的這本《薛西弗斯的神話》，可以幫我們補上這重要的一課。

最後，讓我們記住卡繆的這段話，作為我們走上反抗之路的指導：「真正的努力應該是堅持，盡可能地堅持，並仔細地檢視這些生長在荒漠之上的奇花異草。這場荒謬，希望，死亡對話的殘酷表演，唯有『堅持』與『洞悉』才有資格當觀眾。」

導讀

在一個更迫切需要卡繆的時代

嚴慧瑩（法國普羅旺斯大學當代法國文學博士、本書譯者）

卡繆一九一三年出生於（法屬）阿爾及利亞，一九六〇年車禍身亡，生命僅短短四十七年，卻在世界文學史上留下不朽的名字與創作。卡繆的著作種類有小說、劇本、札記，然而明確闡明他的哲學思想的，是《薛西弗斯的神話》和《反抗者》這兩本重要哲學論述。

卡繆出生在一個貧困的家庭，父親是農民，一九一四年第一次世界大戰剛被徵召上前線就死於戰役，卡繆由不識字的母親當清潔工拉拔長大。成績傑出的卡繆一直在阿爾及利亞求學、成長、擔任記者，直到二十七歲才踏上法國土地。在地中海畔阿爾及利亞的成長歲月，奠定了他生氣勃勃、堅定熱情的個性，塑造了他樂觀奮鬥不妥協的人格，這一點在他的創作中佔了非常重要的位置，也就是他所稱的「南方思想」。這個樂觀且充滿朝氣的「南方思想」，是他與當時代存在主義作家們純理性或虛無主義的態度最不一樣的地方。

一九四二年出版的《異鄉人》和《薛西弗斯的神話》讓卡繆一舉成名，但是當時首都巴黎咖啡館、沙龍裡的哲學家文人，大都瞧不太起卡繆這個出身低微的粗鄙鄉下人。以經常被人與卡繆並稱的沙特來說吧，家境富裕，名校出身，人脈廣闊。相較之下，卡繆簡直就像個沒見過世面的魯莽小子，因此他在一九五七年得到諾貝爾文學獎時，巴黎發出不少憤憤不平的嫉妒嘖聲。

眾聲喧嘩，卡繆不以此自驕或自卑，依然生氣勃勃地預定他的寫作計畫，他預定完成三個階段：「荒謬的階段」（Cycle de l'absurde）、「反抗的階段」（Cycle du révolte）、「愛的階段」（Ccycle de l'amour）。從荒謬出發，經過反抗，結果找到愛，從對自己（荒謬）說「不」，對世界說「不」，最後轉為對生命說「是」！若非一場車禍，我們能看見卡繆更完整、更圓滿的思想體系。

先談談《薛西弗斯的神話》吧。卡繆在一九四〇年九月著手寫作這本書，只花了六個月就完成，可說是一氣呵成，下筆如有神，一氣呵成。一九四二年《薛西弗斯的神話》出版，和《卡里古拉》（一九三八）、《異鄉人》（一九四二）、《誤會》（一九四四）一起組成卡繆寫作計畫中的「荒謬著作階段」。其中讀者們最熟識的《異鄉人》，則被視為《薛西弗斯的神話》的小說版。

薛西弗斯的神話大家耳熟能詳，薛西弗斯不斷重複推著巨石到山頂的荒謬歷程，他該怎麼做呢？該放棄（自殺）、該抱怨自憐（虛無主義）、該向諸神求饒（在宗教裡尋求簡易的心安），還是有其他的可能性？卡繆已由本書最開始引用的品達第三〈頌歌〉的句子作為回答：「喔我的靈魂，不必嚮往不朽的生命，而要竭盡此生所有的可能性。」

我們每個人身上也都有那塊大石頭，每個人都感受到同樣荒謬的情境，那可以怎麼做呢？我們除了想像薛西弗斯是快樂的，也必須克服這種荒謬，竭盡所有的可能性，創造存在的意義，讓自己成為快樂的。

在這本書裡，「荒謬」這個概念第一次被提出。我們讀到卡繆對荒謬的描述、解釋，但這是一個出發點，而非結論。

接下來的「反抗著作階段」，卡繆創作了《鼠疫》（一九四七）、《正直的人》（一九四九）、《反抗者》（一九五一）。面對荒謬、克服荒謬的，不是自殺，不是躲在虛無主義之下，也不是「跳躍」到神的懷抱，只有意識到荒謬進而起而反抗，才能體現尊嚴，創造自己的命運，獲得自由。

然而，反抗有其道德標準，有其行為規範，絕不是以暴制暴，絕對不該陷入極權主義以革命為名行暴力之實的陷阱。合理化的暴力，也等同於犯罪。就在這一點上，卡繆因《反抗者》這本書與支持革命的沙特決裂。

卡繆的成長背景了經歷第一次世界大戰的陰影（並因此失去父親）、西班牙戰爭、第二次世界大戰、納粹佔領法國、阿爾及利亞戰爭，他太清楚革命與戰爭帶來的後果，太知道反抗若沒有道德良知做後盾，歷史的悲劇將重複上演。他認為：面對「生存」這樣一個既平凡又悲愴的議題，傳統的理智辯證法行不通，必須採取一種更謙遜的態度，意即一種合情入理而且將心比心的精神。引領我們的，不僅是卡繆的著作，更是他的風骨，他充滿人性與信心的「南方思想」。

偉大的著作不會被時間遺棄，確切的思考只會在歷史中一再被驗證，並發揮它啟迪人心的效果。卡繆被視為二十世紀法國最偉大的哲學作家之一，著作成為學生必讀、國際研討會的議題，也是二十世紀被最多國家翻譯、引述、研究討論的法國作家。面對今日混亂的國際情況，卡繆這兩本哲學論述默默延燒了半個多世紀，隨時引燃一把壓不住的野火，從民主學運燒到人權議題，從蘇聯解體燒到阿拉伯之春，從全球恐怖活動燒到國際民粹主義傾向。

當今的世界，薛西弗斯的大石頭依然存在，戰爭與霸權依然未絕跡，全球化經濟未達和諧公平，分配不均引起的政治動亂仍舊發生在世界各個角落，宗教衝突更形激烈，崛起的公民意識沒有良好的管道。反抗運動四處如烽火興起，但是反抗的真正意義與精神尚未推廣到全世界，我們比任何時候都更迫切需要卡繆。

文史學家們認為《薛西弗斯的神話》是卡繆投下如原子彈的一個問題，而《反抗者》是他對這個問題的回答。我們或也可視前者為一個問號，後者為一個驚嘆號。只要是對生命存著疑問，對自由抱著嚮往的人，都會成為這兩本書的讀者，因為生存的過程，本就是一連串交錯的問號與驚嘆號。

卡繆這兩本論述像字典，更像床頭書，當我們對生存、對世界疑惑、膽怯、不解、憤怒的時候，順手抓來讀，一讀再讀，千遍也不會厭倦。

獻給

巴斯卡・皮亞[1]

1 巴斯卡・皮亞（Pascal Pia, 1903-1979），法國作家、記者、學者。《阿爾及爾共和報》創辦人，二次大戰期間參加抵抗運動，並成為地下報紙《戰鬥報》的總編輯。譯註。

喔我的靈魂，不必嚮往不朽的生命，
而要窮盡此生所有的可能性。

——品達，第三〈頌歌〉[2]

這本書討論的是我們這個世紀俯拾皆是的荒謬感受，而非我們這時代具體說來尚未出現的荒謬哲學。首先，我要指出這些篇章獲益於當代某些思想家的見解，承認這一點是最基本的誠實。我完全無意掩飾這一點，整本書裡也都可看到引述他們的觀點，或是對他們的評論。

但同時，我也要特別強調，直到目前為止通常被當作結論的「荒謬」，在本書卻認為是出發點。就這個意義來說，我的評論不能被視為定論：因為無法預知它會引導出什麼樣的觀點。在這裡，我只是純粹描述精神思維上的痛楚，目前並未攙雜任何的形上學和信仰。這是本書的自我限制和唯一的方向。

---

2 品達（Pindare, 518-438 B.C.），古希臘抒情詩人。所著頌歌詩集《匹蒂克》（*Pythiques*）共十二首。譯註。

荒謬的論證

Un Raisonnement Absurde

荒謬與自殺

真正嚴肅的哲學議題只有一個：那就是自殺。判斷生命值不值得活，就等於答覆哲學最基礎的問題。至於其他的，世界是不是有三維空間、精神思維分九種或十二種，都是次要的。那些都是不重要的，必須先回答首要的問題。若依照尼采（Nietzsche）所言，受人景仰的哲學家必須親為表率的話，我們更該明瞭這個答案的重要性，因為它引導出決定性的行動。這些是心靈能感受到的明顯事實，但要在理智上也同樣清楚明白，就必須深入探討。

若我自問何以判斷這個問題比其他問題來得迫切，我的答案是以它可能引發的行動。我從未見過任何人為了本體論的論證而死。曾如此堅持一個重要科學真理的伽利略（Galilée），一旦這真理危害到他的生命時，立刻輕鬆自如地棄絕這個真理。就某方面來說，他做得對。這個真理不值得一死。到底是地球繞太陽轉或太陽繞地球轉，這完全無關緊要。老實說，這個問題微不足道。然而，我看過很多人認為生命不值得一活而自尋了斷；也看過相反的例子，有的人弔詭地正是為了一些讓自己活下去的理由的思想或幻覺而自殺（人們所謂的活下去的理由，也恰好是尋死最好的理由）。因此我判斷，生命的意義是最急迫的一個問題。如何回答這個問題呢？面對一切基本的問題——我指的是那些可能會讓人去死，也可能使人倍增生存熱情的問題，或許只有兩種思考方式：拉巴利斯[3]式的和唐吉訶德式的。唯有在明顯的事實與抒情美化之間取得平衡，才能同時獲致感性與洞悉。我們認為，面對這樣一個既平凡又悲愴的議題，傳統的理智辯證法行不通，必須採取一種更謙遜的態度，意即一種合情入理而且將心比心的精神。

人們向來把自殺當成一個社會現象來討論。但相反地，我們在這裡一開始要探討的，就是個人思想和自殺之間的關聯。自殺這個舉動就和偉大的藝術作品一樣，是在心裡默默醞釀而成的，可能連當事人自己都不知道，就在某天晚上某人突然舉槍自盡或從高處跳下。一個大樓管理員自殺了，聽說他五年前失去了女兒，自此改變了很多，那件事「折磨著他」。沒有比「折磨」這兩個字更恰當的了。人一開始思考，就是開始受折磨。在這種初期階段，和社會並沒有多大關聯。蛀蟲是在人心中，要到人心裡尋找。讓人從清明地面對生存直到逃向黑暗的這個致命遊戲，我們必須跟隨它、了解它。

自殺的原因很多，大致上，最明顯的原因往往並不是最主要的。人們絕少深思熟慮之後自殺（這種情況也並非完全不可能）。引爆行動的幾乎都是無法掌握的原因。報章上總是說到「椎心悲痛」或「久病厭世」，這些原因當然也有，但是還應該深究，這絕望之人自殺當天，是否有某個朋友用漠然的語氣和他說話。若是如此，這個朋友就成了罪人，很可能就是這個引爆了對方心中所有懸而未決的怨恨和對生命的倦怠。4

---

3 拉巴利斯（La Palisse, 1470–1525），法國貴族，三任國王授予元帥之職，率軍打過很多戰役。這裡所說拉巴利斯式是一個約定俗成的用詞，意思是「重申再明顯不過的事實、表明人人皆知不須表明的事」。起源於拉巴利斯墓碑上所刻的「唉，若他沒死，就還會令人歆羨不已（envie）！」，被竄改為「唉，若他沒死，就還活著（en vie）」。譯註。

4 我在此趁機表明本文的性質。自殺確實也可能蘊含更高貴的意義。例如：中國革命時以自殺作為政治性抗議。原註。

想界定人決定求死的那個確切時間點，以及曲折的心路進程很困難，想知道這個行動本身代表的結論則比較簡單。自殺，就某種意義來說，就像在通俗悲喜劇裡一樣，代表認輸。對生命認輸，或是承認我們無法了解這個生命。然而，不必再多做這些類比，還是以淺顯易懂的字句來說吧，簡單一句就是承認「生命不值得活」。誠然，活著不是一件容易的事。人不斷做著生存命令我們的種種舉動，原因有很多，但首要原因就是習慣。自尋解脫，意即我們看清了——甚至是出自於本能直覺——這習慣的可笑本質、活下去沒有任何深沉的理由、一日復一日庸庸碌碌的本質、忍受痛苦之毫無意義。

這種折磨著精神、讓人無法片刻休息的、無法丈量的感覺到底是什麼呢？一個能夠解釋的世界（儘管解釋的理由很差勁），就是我們熟悉的世界。相反的，身處在一個突然失去想像、沒有光明的世界，人就會感覺自己是個局外人。這種放逐是無藥可救的，因為被剝奪的不只是對故土的回憶，也不再有對新天地的希望。這種人和生命、演員和舞台的分割，就是荒謬感。曾經有過自殺念頭的精神健全的人，不必多作解釋，必定知道這種感覺與投身死亡的欲望之間，存在著直接的關係。

本文的主題正是荒謬感與自殺之間的關係，探討在什麼程度上，以自殺解決荒謬為正確之道。首先我們的原則是，一個人若不自欺的話，他所相信正確的事應該能解釋他的行動。他的行動必然就是來自他相信生存是荒謬的。我們很自然地揣測——清楚明白而不含虛假悲愴的揣測——「生存是荒謬的」這個結論，有必要立刻讓人逃離這令人無法了解的荒謬情境嗎？當然，我在這裡所談的，是那些想法與行動一致、不自相矛盾的人。

明確地說，這個問題狀似簡單卻又無解。若我們以為簡單的問題就會有簡單的答案、明顯的表象就導致明顯的結果，那就大錯特錯了。我們先把問題倒過來想好了，就是到底自殺或不自殺呢，似乎只有兩個哲學上的答案，是或否。這樣也太簡單了。我們必須容許還沒有定論的人不停追問下去，而且甚至不算是誇張地說，大部分的人都是這樣子的呢。我也看過那些回答「不」的人，做的卻是「是」，事實上，若按照尼采的標準[5]的話，那些人對「是」的詮釋也各自不同。相反地，自殺的那些人，反而往往能確定生命的意義。

5 尼采認為在生命已活不下去的時候，自殺是明智高尚之舉。譯註。

這些矛盾是不斷存在的。我們甚至可以說，就自殺這一點，愈是需要用到邏輯時，這些矛盾就愈明顯愈尖銳。大家很自然都會把哲學理論和提倡這些理論的人拿來比對，但是必須承認，那些否定生命意義的思想家，除了文學中的基里洛夫[6]、傳說中的派里格利諾斯[7]、和引起臆測的儒爾・勒吉耶[8]之外，沒有一個堅守自己推演的邏輯而自殺的。大家經常當作笑話，談及叔本華（Schopenhauer）面對滿桌豐盛饗宴盛讚自殺。這沒什麼好笑的。這種不嚴肅看待悲劇的態度倒也不是那麼嚴重，但能由此評斷其人。

面對這些矛盾與晦暗，我們難道應該相信，介於對生命的想法與脫離生命所做的舉動之間，不存在任何關聯嗎？這樣說就是太誇大了。因為在人對生命的依戀之中，有某種東西是比世界所有的悲慘都還強烈的。肉體的判斷並不亞於精神上的判斷，而肉體面對毀滅消失，會退縮。在我們習慣思考之前，就早已習慣活著。在這日復一日催促我們走向死亡的過程裡，肉體是無可挽回地走在前頭。總之，這矛盾的本質存在於我所謂的「躲閃」（esquive）之中，因為這個「躲閃」多多少少算是巴斯卡所認定的消遣[9]。對死亡的「躲閃」——也就是「希望」——構成本書的第三個主題。希望經由努力能有「應得」的來生，或是那些不是為了此生而活著，而是為了某個超越生命、昇華生命、賦予生命意義、乃至於背叛生命的宏大想法的欺瞞說詞。

這一切都讓情況更加混亂。我們推敲了這麼久的文字，假裝相信否定生命的意義，必然引導到生命不值得一活的結論，並非徒勞無益──事實上，我想表達的是，這兩個論斷之間，並沒有任何必然關聯。只需不被剛才所提的那些混淆、分歧、不合邏輯弄得昏頭轉向就行了。必須排開那一切，直接進入真正的問題。人之所以自殺，是認為人生不值得

---

6 基里洛夫（Kirilov），杜斯妥也夫斯基小說《附魔者》中的人物。譯註。

7 派里格利諾斯（Peregrinos, 95-165），古希臘哲學家，傳說中自焚而死。譯註。
我聽說過一個可和派里格利諾斯媲美的人，一位戰後的作家，完成第一本著作後自殺以引起人們對他作品的注意。此舉的確引起大眾注意，但作品被評為一無可取。原註。

8 儒爾．勒吉耶（Jules Lequier, 1814-1862），法國哲學家，對「自由」的思想影響整個十九世紀法國哲學及後來的存在主義。死因為溺斃大海中，但被臆測為自殺。譯註。

9 巴斯卡（Blaise Pascal, 1623-1662），法國科學家、哲學家。巴斯卡認為人類所有的消遣，都是讓人分心、躲閃人性重要議題的不當作法。譯註。

一活，這當然是個事實——然而沒有建設性，因為這是顯而易見、不言自明的。但這對生命的侮辱、對存在的否定，真的是因為生命毫無意義嗎？或者說，是因為生命的荒謬讓人不得不逃避嗎？——要不藉著希望，要不藉著自殺——這才是應該排開一切混淆、弄明白、追問到底、闡述清楚的。荒謬必然導致自殺嗎？排開所有思想方法和無關緊要的精神討論，必須先思考這個問題。論及一切問題時總是不斷涉入的所謂「客觀」精神——深淺不同的考量、矛盾衝突、心理學——在我們這個探討裡毫無立足之處。我們的探討只需涉入一個不評斷式的思考，也就是邏輯性的思考。這絕非易事。合乎邏輯很簡單，然而堅守邏輯直到最後幾乎是不可能的事。自尋了斷的人就是依循著感覺一直走到最後。思考自殺這個議題，讓我有機會思考唯一令我感興趣的疑問：一個可以貫徹直至死亡的邏輯是否存在？我只能循著「顯而易見」這個光亮順著根源追下去，不被過度的情緒干擾，才能得到答案。這就是我所稱的「荒謬的推理」。許多人曾經開始著手這個推理，但還不知道他們是否能繼續堅持下去。

卡爾．亞斯培[10]宣稱建構一致性的世界是不可能的，他寫道：「這個侷限讓我回歸自我，無法再隱身到一個客觀觀點之後，我的角色已不能呈現世界，我自身，和其他人的存在，對我來說都不能再成為一個客體。」繼許多人之後，他也提到了思想到達絕境的那個無水滋養的沙漠[11]。誠然，是繼許多人之後，然而那些人多麼急著擺脫這個荒漠絕境啊！許多人、甚至最普通的平凡人都曾走到這心思搖擺不定的最後關口，因而放棄了最珍貴的生命。其他的人呢，那些思想大師，也放棄了，但他們是思想上的自殺，也是最純粹的反抗。真正的努力應該是相反，應該堅持，盡可能地堅持，並仔細檢視這些生長在荒漠之上的奇花異草。這場荒謬、希望、死亡對話的殘酷表演，唯有「堅持」與「洞悉」才有資格當觀眾。那麼，面對這場既原始又難以捉摸的舞蹈，心靈便可以分析它的動作形象，繼之說明它、親身去體驗它。

---

10 卡爾．亞斯培（Karl Jaspers, 1883–1969），德國哲學家，存在哲學的傑出代表人物。譯註。

11「沙漠」這詞貫穿整本書，代表的意義是摒除宗教信仰、希望的滋潤，只剩下荒謬的生存沙漠。譯註。

荒謬之牆

深沉的感受如同偉大的作品，其含義總是多於它表達出來的。人的心靈不管是經常性的衝動或排斥的感覺，皆來自行為或思考的習慣，之後產生連心靈本身都不自知的後果。偉大深沉的情感，不論是輝煌或是悲慘的，都自有它們的宇宙。這些灼烈的情感照亮自成的世界，形成自己的氛圍。這些宇宙有可能是嫉妒、野心、自私，或是慷慨的宇宙——這裡所謂的「宇宙」，是一種形而上的思維和精神態度。的確，任何一種特定的情感所形成的宇宙，比讓我們產生美或引起荒謬感受的宇宙來得具體，因為美或荒謬激起的感受基本上難以界定、混亂，同時卻又如此「確然」，遙遠朦朧同時卻又如此「近在眼前」。

荒謬這個感覺可能在任何一個街角迎面襲上任何一個人。以它令人難忍的赤裸，以它沒有奪目光環的光線，就這樣襲上來，無法捉摸。為何難以捉摸，這也值得我們深思。沒錯，我們或許永遠捉摸不透某個人，他身上永遠有某些我們無法掌握的東西。但實際上說來，我認識一些人，以他們的行為舉止，歸納他們的所作所為，根據他們一生行事導致的結果，我可以說我認識他們。相同的，所有這些無法分析的非理性情感，我能夠以智力集合它們的影響和結果、擷取記下它們所有的面目、重新還原它們的宇宙，經由這些實際上去定義、實際上去體會它們。的確，就算我看過某個演員上百次的演出，也不能說我更加認識這個人，然而，若我歸納他所飾演的角色，在歸納到他飾演的第一百個角色時，倒可以說我對他有了多一點認識，人們感受得到其中的真實成分。因為這個表面上看來弔詭的矛盾，其實是個寓言，內含著教育寓意。它告訴我們，界定一個人，不只透過他真誠的衝動，也可以經由他的佯裝。是的，人內心無法捉摸的情感，會被行為和這行為背後的心靈狀態無意地、部分地洩漏出來。很明顯的，我正在界定一個方法，但這方法是分析方法，而非認知方法。因為「方法」牽涉到形而上學，會不自覺地透露出自己宣稱還是未知數的結論。因此，一本書的最後幾頁結論，其實在最開頭的幾頁就已出現。這前後相扣的結是無法避免的。這裡所界定的方法承認真正的認知是不可能的，唯一可描繪的是外在表象，可感知的只是氛圍。

我們或許也能在不同但密切相關的智識層面、生活藝術層面、或是純藝術層面上去了解荒謬這無法捉摸的感受。本書的開頭是荒謬的氣氛，結尾則是荒謬的宇宙和一種心靈態度，這照亮荒謬世界的心靈態度，也照亮它能認出的死亡那張具有特權且無情的面貌。

*

一切偉大的行動和偉大的思想的開端，都是可笑而荒謬的。偉大的作品常常起源於街角或嘈雜的餐廳裡。荒謬亦是如此。荒謬的世界更是從這卑微的出身獲致它的高貴。在某些情況下，問一個人在想什麼，他回答「沒什麼」，這回答很可能是假的。戀愛中的人深知這一點。但倘若這回答是真誠的，倘若它代表的是空虛如此引人深思，日常生活行為的鏈結斷裂，心靈徒勞地尋找重新連接的環節這種奇特的心理狀態，那就是荒謬的第一個信號。

生活的框架是會坍倒的。起床、搭電車、四個小時的辦公室或工廠、吃飯、搭電車、又四小時的工作、吃飯、睡覺，星期一、星期二、星期三、星期四、星期五、星期六順著相同的節奏，大部分時間這樣持續是很容易的。然而，一旦某一天，浮上「這到底是為了什麼」這個疑問，在帶著驚訝不解的厭倦之中，一切便開始了。「開始」，這很重要。一生重複著機械化的動作，厭倦由此而起，但厭倦也同時啟動了意識的運作。它喚醒了意識，引發後續。後續，可能是重回到機械化的鎖鏈裡，也可能是徹底覺醒。覺醒之後，時日一長就出現後果：要不就是自殺，要不就是恢復原狀。厭倦本身是讓人厭惡的感覺，但在這裡我必須結論說，它是有益的。因為一切始於意識，若非透過意識，一切都是無意義的。這些論點並無新鮮之處，但它們顯而易見：就目前粗略認識荒謬起源而言，這樣暫時足夠了。單純的「苦惱」是一切的起源。

在沒滋沒味的生命裡的每一天，時間推動著我們。但終有一天，我們必須去承載時間。我們都依賴未來而活：「明天」、「以後」、「當你有了社會地位」、「年紀到了你就會懂」。這樣的輕率真令人驚訝，因為未來其實事關死亡啊。然而有那麼一天，一個人發現自己三十歲了。他確認自己尚年輕，但在此同時，他將自己置於時間流之中，在其中佔了一個位置。他承認自己位於這條必須走完的時間曲線上的某一點。他隸屬於時間，驚恐地發覺時間是自己最邪惡的敵人。應當全力拒絕明日來臨之時，他卻企盼著明天。這肉體的反抗，即是荒謬[12]。

從另一個層面說，則是怪異感：察覺這世界「晦澀難懂」，窺見一塊石頭是如此怪異，我們無法撼動，意識到大自然或一處風景強烈地否定我們。一切「美」的深處，都藏著某種非人性的東西，這些山丘、溫柔的天空、樹木森林，剎那間失去了我們所賦予的虛幻意義，自此比失樂園還要遙不可及。這個世界原始的敵意，穿越幾千年時光朝我們撲來。我們霎時懵然不懂，因為不知多少世紀以來，我們以往只是透過對自然的印象和描繪來了解它，然而我們再也無力使用這些障眼法般的騙人把戲了。我們不再了解世界，因為它又

12 但這不是荒謬的本義。這裡並非一個定義，而是列舉一些存著荒謬性質的感覺。就算一一列舉完，也無法將荒謬討論透徹。原註。

變回了它自己。這些因人們的習慣所忽視障眼的布景，又回復到它本來的樣子，跟我們以為的大不相似。就像是在那個熟悉的女人面孔下，突然發現自己愛了那麼多個月或那麼多年的女子像是個陌生人，甚或人有時還會希望自己見識到那個讓我們有孤獨感受的事物。但現在還未到談這個的時候。目前確定的只是：這個世界的晦暗難解和詭異疏離，就是荒謬。

人也有散發出非人性的時候。在某些他們頭腦清晰的時刻，所做出的機械式舉止、毫無意義的手勢動作，使他們周遭的一切顯得愚蠢可笑。一個人隔著電話亭玻璃說著話，我們聽不見他說什麼，卻看得到無意義的比手畫腳：我們會猜想，他為何活著。面對這人類本身的非人性而感受的不安，面對我們自己而感受到的無法估量的挫折感，這如同當代一位作家[13]所稱的「嘔吐」感，也是荒謬。同樣的，我們在鏡子前看見自己會有幾秒鐘以為那是個陌生人，看自己照片會霎時覺得上面那個人和自己很相像、很熟悉、卻又讓人不安，這也是荒謬。

我現在終於要談到死亡，以及我們對死亡的感受。就這一點，一切都已被討論過，必須審慎避免虛假做作的悲愴。令人訝異的是，所有人都必須經歷死亡，卻沒有人「知道」它。那是因為，事實上，死亡的經驗並不存在。以字面的意義來看，唯有經歷過、有意識的，才能稱為經驗。在這裡，充其量只能談別人的死亡經驗，那是替代品，是精神上的想像，無法讓人真正信服。這種憂傷的約定俗成說法並沒有說服力。真正令人感到恐怖的，其實是來自死亡的數學層面[14]。時間令我們懼怕，它在我們面前呈現事實，結論要之後才出現[15]。一切談及心靈的宏偉言論，十之八九目前都會在這裡遇到與之相悖的論調。這具連打個巴掌都已沒反應的不動軀體，靈魂已經消失。人生這基本而命定的面目，組成了荒謬的內容。在「人皆有一死」這命運無情的光芒下，「無用」無所遁形。面對支配我們生命的殘酷數字，沒有任何智識、也沒有任何努力能由經驗證明是有效的。

---

13 指著作《嘔吐》（*La Nausée*）一書的沙特（Jean-Paul Sartre）。譯註。

14 數學層面意指所有的人百分之一百都會死。譯註。

15 時間呈現人逐漸走向死亡的事實，結論——死亡——則是最後才出現。譯註。

再次重申，這一切已經被很多人說了又說。我在這裡只是做一個快速的分類，標出一些明顯的主題。這些主題貫穿所有文學和哲學，日常生活也多有涉獵。這裡絕不是重新創造，而是要弄清楚這些明顯的事實，才能繼之探討那個最重要的問題。我要再次重複，我感興趣的並非發現那些荒謬的情境，而是它們導致的結果。倘若人們弄清楚了這些荒謬，該做出什麼結論呢？何時能不再苦苦深究追尋呢？是該心甘情願自殺，或無論如何懷抱著希望呢？似乎有必要在知性範圍也快速地探索。

*

心智的第一步行動就是分辨真與假。然而，當思想一開始反思，首先遇到的就是矛盾。我不必在這裡多著墨，幾個世紀以來，沒有人能比亞里斯多德（Aristote）所做的論證更清楚更高雅：「這些論點所得出的結果經常令人啼笑皆非，那是因為它們自己就否定了自己。因為，若論定一切都是真，無非肯定那個相反於我們所認定為真的，也是真，也就因而否定了我們所認定的真（因為肯定相反的那個也是真，這個「真」就站不住腳了）。若論定一切都是假，那連同這個論點本身也就是假了。倘若宣稱只有相反於我們所認定的真，是假的，或是只有我們認定的真是『不假』，那就必須接受、承認無限的真與假的判斷。因為認定某事某物是真，也就同時判斷了這個認定是真的，依此類推直到無限。」

　　這個惡性循環引發出一連串的循環，自我探索的心智迷失在這令人頭昏腦脹的漩渦裡。這些矛盾如此淺顯簡單，因此無法克服。不論玩再多的文字遊戲、做再多精巧的邏輯推演，要了解事物，首要就是統一一致。人心靈深處的欲望，即便是在心靈最文明細緻的活動中，也呼應著人面對生存世界所產生的無意識感覺：渴求熟悉感、渴求理解。對一個人來說，理解世界，就是將它人性化，蓋上自己的戳印。貓的世界並非螞蟻的世界。「一切思想都是擬人化的」這句老生常談指的正是這個意思。相同的，心靈在探索真實的時候，也必須把它縮減成思想術語才行。如果人得知這世界也會愛、也受痛苦，便能和世界合為一體。如果思想在各種現象那面變化多端的鏡子裡，找到一些能歸結這些現象的恆常關係，便能歸納這些關係成為一個獨立的原則，那麼，我們才能奢言心靈的幸福，否則「真福者」的神話[16]只不過是「幸福」一個可笑的贗品。這對「一致性」的渴望，這對「絕對」的渴求，呈現出人類悲劇最主要的活動。然而，渴望是渴望，並不表示應該立刻去滿足這個渴望，因為，若填滿了分隔欲望與獲得之間的鴻溝，同意帕梅尼德斯[17]所宣稱的有一個「圓滿整體」（l'Un）的存在（不論這個整體是什麼），那我們就掉入一個可笑的矛盾中，因為宣稱有一個全然整體，就是同時顯示自己是不同的，並不在這整體之中，那就必須解決這個分歧相異。這又是一個足以扼殺我們希望的惡性循環。

這些也都是明顯的事實。我再次重複，我們感興趣的並非這些事實本身，而是能從它們推演出的結論。我還知道另一個明顯的事實：人都會死。然而從這個事實演繹出的最終結論繁不勝數。在本書中，必須時時刻刻把「自以為知道」和「真正知道」之間的差距考慮進來，我們生命中經常對某些想法因時制宜地同意或佯裝不知，但如果我們真正去實踐那些想法的話，它們將會顛覆我們整個生命。面對心靈這錯縱複雜的矛盾衝突，更能看清我們與我們自己所創造的詮釋之間的離異。在這靜止的世界，只要心靈抱持它對希望的緘默，一切便能在一致性之中井然有序地繼續下去。但只要一行動，這世界便破裂崩散，無窮無盡如鏡子般閃爍的光芒便讓人心智大開。不必期望重建那個熟悉穩定、讓人心中平靜的表面的希望。經過如此多個世紀的探索，這麼多思想家的放棄，我們深知真正的認知一旦打破，就不可能回復原來的表面。今日，除了專業的理性主義學家之外，我們都已對真正的認知放棄希望。倘若撰寫一部有意義的人類思想歷史，那必定是一系列針對思想的懊悔和無力的歷史。

的確，究竟我能夠對誰、對什麼事說「我認識！」呢。我這顆心臟，我可以感受它，因而判定它存在；這個世界，我可以觸摸到它，因而判定它存在。我所有的知識就到此為止，其他的都是塑造出來的。因為如果試著去掌握我所確定的這個「我」，試著去界定和

---

16 荷馬史詩中提到神話中的「真福島」（Ile des Bienheureux），天上眾神為了犒賞完成使命的英雄，將他們送到「真福島」享受甜美生活。尼采《查拉圖斯特拉如是說》書中也有一章叫作〈真福島〉。譯註。

17 帕梅尼德斯（Parménide, 540-480 B.C.），古希臘哲人，認為萬物是永恆存在，是一個圓滿整體，沒有任何事物會來自虛無，已經存在的也不會消失於無形。人們感覺世界變動無常，其實只是個幻象。譯註。

概述它，就如水從指縫間流下，什麼都抓不住。我可以一一描繪出「我」呈現出的面貌，以及人們賦予它的所有面貌，我受的教育、我的出身、熱忱或緘默、高超或懦弱。然而，並不是把所有面貌加起來，就是「我」。這顆心是我永遠無法定義的。介於我確定「我」的存在，和我試著給這個確定一個內在，兩者之間的鴻溝永遠無法填平。我永遠是我自己的陌生人。在心理學上，如同在邏輯上，道理很多但一無真理。蘇格拉底（Socrate）所說的「認識你自己」的價值和教堂懺悔室裡的「要有美德」並無二致，兩者揭露的都是渴求與無知。這些對人生大議題的討論都是沒有結果的遊戲，它們的作用只是讓人們比較接近真實，而非真正的答案。

眼前這些樹木，我知道它們表皮粗糙，眼前這道流水，我可以嘗到它的滋味。某些夜晚當心靈放鬆的時刻，感受到的青草芬芳和星光，我體驗到這個世界的力量與勁道，怎能否認它呢？然而世上沒有任何科學能讓我確定這世界屬於我。您跟我描述這世界、教我整理出它的秩序，您列舉這世界的規範律法，以我對知識的渴求，我同意這些都是真實。您將它的運作機制拆解分析，這更提高了我了解它的希望。到最後，您卻告訴我這絢麗多彩的宇宙其實只是原子，原子又化約為電子。這一切都有理，我等著您繼續說下去。但您跟我說起一個看不見的行星系統，電子群繞著一個核心旋轉。您用一個影像跟我解釋這個世界。那時我知道您將世界化約成了詩：我永遠無法了解。我可有時間憤慨？您已經換了另一個理論。因此，這原本應教我認識一切的科學卻成了臆測，這清楚明瞭卻陷在隱喻之中，這不確定性僅藉著藝術作品來解答。我需要付出這麼多努力嗎？山丘柔和的線條，撫慰我激動心靈的夜色溫柔的手，反而讓我學到更多。我再回到最初始。我知道就算能以知識掌握、列舉世界的現象，卻無法了解它。就算我用手指把高低起伏的紋理都描一遍，也無法知道更多。您給我的選擇，一是對世界確切的描繪，然而它什麼都不會教導我；二是種種似乎可以教導我些什麼的臆測假設，但它們並不確切。我對自己、對世界都感到陌生，握有的唯一武器卻只是一個一旦想確定什麼就會自我否定的思想，我只有拒絕「知」和「活」才能獲得平靜，所有想獲致什麼的渴望都撞上堅不可攻的牆，這算什麼生存狀態呢？意志一旦有渴望，就引發矛盾。一切都是為了營造出這個毒藥般的平靜，讓人無憂無慮、心靈昏睡、槁木死灰，什麼都不多想。

智識也以它的方式，告訴我這個世界是荒謬的。智識的相反——意即盲目的理性——儘管宣稱一切都很清楚可證，我等著它提出證據，也希望它所說的是對的。然而，過去這麼多自命不凡的世紀，這麼多雄辯而有說服力的人，我知道那都是假的。至少就這一個層面，如果我不能知的話，就無法幸福。那些以為能夠解釋一切的放諸四海的理性——不論是實際層面或是精神層面——、決定論，和分類法，真會讓正直不虛假的人啞然失笑，那些跟心靈毫無關係。它們不肯正視它們深沉的真相，這真相就是人皆有一死。在這不可知而有限的宇宙中，人的命運自此有了意義。不遵從理性的一群人挺身而起，圍繞著這命運直到最後的死亡終點。在他們重新找回、更加鞏固的清明洞悉之中，荒謬的感覺更清晰、更明確了。我剛才說世界是荒謬的，那是我說得太急了。這世界本身是不合理的，我們所能說的僅是如此。荒謬產生於世界的非理性，和人類心底深處迴盪的那個想弄清楚的強烈欲望碰撞之時。荒謬取決於人，也取決於世界，目前荒謬是這人與世界唯一的聯繫，荒謬將這兩者綁在一起，如同仇恨緊繫著兩個人。我在這個無法無度的宇宙裡探險，這是我唯一能清楚看出的。我們在此暫時打住。如果我確信我和世界之間的關係的荒謬是真實的，如果我深入到面對世界眾相時所感受到的這個荒謬感裡面，深入到探究一門知識所需的明察洞見裡面，我就必須為了找到這些「確然」而犧牲一切，而且正視它們，才能堅守它們。尤其，我必須以它們作為我的行事準繩，窮盡結果直到最後。我這裡談的是對自己誠實不虛假的態度。但在此之前，我要先知道這個荒謬思想是否能存活在那些荒漠之中。

*

我知道荒謬思想已經踏入到那些荒漠之中，在那裡找到食糧。它在那裡明白了之前藉以存活的都是虛假幻覺。它引發人性思考最迫切的幾個議題。

一旦認知到荒謬，它就成為一種狂熱，最撕扯人心的狂熱。然而，問題在於：我們能否與這個狂熱共存，能否接受狂熱既焚燒同時又振奮人心的規則。現在我們要談的還不是這個，這問題是我們整個探討的核心，之後會再回來討論。我們現在要先看清在荒漠中誕生的議題和生命力，只需將它們列舉出來。今日，這些其實也是眾所皆知的了。長久以來，一直有許多人捍衛非理性態度，這個被稱為「被蔑視的思想[18]」的傳統從未真正滅絕。針對理性主義的批評已不知有多少，我想不必再多此一舉。然而，我們這時代卻衍生出了這些矛盾詭異的思想系統，急著抨擊磕絆理性，就好像它真的領頭前行似的。這倒不是證實理性的效率，而是證實它帶給人的希望的強度。在歷史層面上，這兩種態度的僵持，描繪了一個對生存狂熱的人，介於對一致性的渴望，卻清楚看見自己被重重高牆圍堵這兩者之間的撕扯。

我們這時代對理性的抨擊或許比以前都來得激烈。自從查拉圖斯特拉（Zarathoustra）那聲吶喊：「理性『恰巧』是世界上最古老的貴族。當我說在它之上並無任何永恆意志，就是將它回復到萬物身上」[19]、自從齊克果[20]那致死之疾：「這病通向死亡，死亡之後什麼都不存」，荒謬思想中諸多深具意義且糾纏人心的議題便層出不窮，或者至少——這個細微差別很關鍵——是在關於非理性和宗教思想的議題上。從亞斯培到海德格[21]，從齊克果到舍斯托夫[22]，從現象學家到舍勒[23]，在邏輯和道德層面上，這一整個因共有的愁緒而連結，又因方法和目的而背道而馳的思想家族，不屈不撓地阻擋理智的康莊大道，回復到尋求真理的正道。我相信他們這些思想大家都知道並已證實過。不論他們抱著、或剛開始時抱著的野心是什麼，都是始於這充滿矛盾、牴觸、焦慮、無力、無法描述的宇宙。他們之間的共通點，正是我們剛才所談的那些議題。對他們來說也是一樣，重要的是他們從這些「發現」所獲得的結論。這極為重要，必須另外一一檢視，但本文只關切他們的「發現」

---

18 理性主義盛行時代，非理性思想被主流思想家輕視、鄙棄，故稱為被蔑視的思想。譯註。

19 查拉圖斯特拉（Zarathoustra）是德國哲學家尼采所著《查拉圖斯特拉如是說》中主人翁。這一句出自書中〈日升之前〉（Avant le lever du Soleil）一章，「恰巧」是與「理性可解釋一切」的對立。譯註。

20 齊克果（Kierkegaard, 1813–1855），丹麥神學家、存在主義哲學家。這裡所說「致死之疾」指的是齊克果同名書中講解的「絕望」，他說不知有自我、不願有自我、不能有自我的絕望是致死之疾。譯註。

21 海德格（Martin Heidegger, 1889–1976），德國哲學家，對現象學、存在主義、詮釋學、解構主義、後現代主義影響甚鉅。譯註。

22 舍斯托夫（Léon Chestov, 1866–1938），俄國存在主義哲學家。譯註。

23 舍勒（Max Scheler, 1874–1928），德國哲學家、社會學家。譯註。

和他們最初始的經驗，找出他們一致之處。若說探討他們各自的哲學思想或許太過托大，但可以找出他們共通的氛圍，就目前來說這樣也夠了。

海德格冷酷地觀察人類的處境，宣稱這個存在是屈辱的。在所有存在的層面之中，唯一的真實是「苦惱」。失落在這世界以及他所從事的諸多無關緊要的活動之中的人，這苦惱就僅是短暫而逝的恐懼。然而，一旦這恐懼產生了自我意識，那就成了「焦慮」，這就是神智清明的人「面對存在」時擺脫不掉的心靈狀態。這位哲學教授毫不猶豫地以世界上最抽象的哲學語言寫道：「人類存在的這種既定、受侷限的特性，比人本身還重要。」他對康德[24]感興趣的地方，僅在於提出後者的「純粹理性」狹隘的性質，僅在於歸結他分析出的結論：「對焦慮的人來說，這世界再也無可提供。」他認為這「苦惱」完全超越理性各種分級的範疇，他只想著它、只談論它。他列舉它的面向：平凡的人試著排解減緩苦惱時所感到的厭煩；心靈冥想到死亡時產生的恐懼。他也從不曾將意識與荒謬分開。對死亡的意識就是「苦惱」的呼喚，而「存在因此藉由意識，發出自己的呼喚」。意識是焦慮發出的聲音，它懇求存在「回復到自己，不再淹沒在無名的眾生世界（l'On anonyme）」。

對他來說也是，人不該沉睡，應該保持警醒，直到死亡。他在這荒謬世界裡堅持撐住，控訴這世界注定消亡的特質，他在一堆殘垣碎瓦之中尋找一條道路。

亞斯培對本體論完全絕望，因為他認為人早已失去「純真」。他深知我們無法超越肉身死亡，精神到最後終是失敗。他仔細檢視歷史上種種精神探索，毫不留情地揭露每一個思想系統的缺失、其所編織的幻象、它們鋪天蓋地的宣教。在這被蹂躪的世界，我們已知道「認知」是不可能的，唯一的真實是虛無，唯一的態度是無可救藥的絕望，他試著找到雅莉安（Ariane）通往神聖祕密的繩線[25]。

至於舍斯托夫，在他那本枯燥單調的作品裡，不斷揭露同樣的狀況，不斷呈現就算最嚴謹的思考系統、最具普遍性的理性主義，最終都會與非理性的人類思想相牴觸。任何使

24 康德（Immanuel Kant, 1724–1804），德國思想家，結合理性主義與經驗主義。譯註。

25 希臘神話中，提修斯進迷宮消滅怪物，雅莉安給他一綑線，讓他循線找到出路。這在法文中成為一個慣用語，意指找到解決問題的辦法。譯註。

理性站不住腳的諷刺事實、可笑的矛盾都逃不過他的筆。他唯一關注的就是——「例外」[26]，不論是情感或精神上的例外。他藉由杜斯妥也夫斯基筆下的死囚、尼采激烈的心靈探險、哈姆雷特的詛咒，或易卜生[27]筆下的苦澀貴族，探索、闡明、精采詮釋人對無法挽回的情況所做出的反抗。他拒絕以理性來解釋這些，堅定地開始走向這一片無彩荒漠之中，所有的「必然」都化為無生命的石頭。

在這些人之中，齊克果或許是最讓人感動的一個，他不只是發現了荒謬，而且他的一生至少有一部分就是荒謬。他寫道：「最堅實的緘默不是閉口不言，而是暢所欲言」，他一開始就宣稱，沒有任何真理是絕對的，也沒有任何真理能使一個本身就不可能的「存在」讓人滿意。他猶如知識領域裡的唐璜，用許多化名寫作，作品也引起分歧矛盾，在著作《教化論說》（*Discours édifiants*）的同時，他也一邊撰寫那本違反社會道德的唯心論小說《誘惑者日記》（*Le Journal du Séducteur*）。他拒絕所有讓心靈休憩的慰藉、道德、原則。心上的那根刺，他小心翼翼不拔除它以削減痛楚，反而更加喚醒，懷著被釘上十字架（且樂意被釘上）那絕望的喜悅，以清晰、拒絕、偽裝，一步一步建構出一個惡魔般的典型。這既溫柔又嘲弄的面貌，這些踮著腳尖俏皮迴轉之後緊隨著發自靈魂深處的吶喊，展現的正是面對無法掌握的現實世界的那個荒謬心靈。齊克果的精神探索引導出他念茲在茲的「醜行」[28]，這探索也是來自抽離背景的混沌生存經驗，使他發現存在根本的不協調與支離破碎。

在一個完全不同的層面——方法層面上，胡塞爾[29]和現象學家們以大膽誇張，重新塑造多樣化的世界，拒斥理性具有超越一切的力量。藉由他們，精神世界變得無比豐富。玫瑰花瓣、里程碑石、人的手，和愛、欲望、萬有引力定律具有相同的重要性。思考，不再是統匯一切，把所有表象放在一個大原則之下，讓人覺得熟悉。思考，是重新學習去觀看

26 舍斯托夫的哲學、宗教思想主張揚棄傳統哲學中所說的「必然性」。譯註。
27 易卜生（Henrik Johan Ibsen, 1828–1906），挪威劇作家，被視為現代寫實主義戲劇的濫觴。譯註。
28 「醜行」（scandale），這裡是宗教上的字彙，指的是「所有阻隔人與上帝之間的障礙」。齊克果的宗教思想作者稍後會提到。譯註。
29 胡塞爾（Edmund Husserl, 1859–1938），德國哲學家，二十世紀現象學派創始人。譯註。

去留意，是引導自己的意識，是將每個想法、每個影像以普魯斯特[30]的方式凝結為一個重點。然而這麼一來，所有的一切都是重點，矛盾又出現了：思考之所以稱為思考，正是因為它極端的意識性，而非所有一切等同齊觀。胡塞爾的思考比齊克果和舍斯托夫來得樂觀積極，但他從根本上否定理性的傳統方法，駁斥理性帶來的希望，讓直覺和感覺鋪展千變萬化的現象，而這帶著非人性的意味[31]。這些道路可帶領人到各種科學領域，或是任何領域都到不了。在這裡，方法已遠比目的重要。牽涉到的只是「一種認知的態度」，而非慰藉。我要再次重申，至少一開始是如此。

我們怎可能不感受到這些思想家其實緊密相連呢？怎可能不注意到，他們圍繞著一個苦澀的重點，這已不存任何希望的重點？「我要求得到一切解釋，否則就什麼都不要」，面對心靈這聲吶喊，理性一籌莫展。被這聲吶喊喚醒的心靈摸索尋找，遇到的卻只是矛盾與不合理。我所無法了解的就是這不合理，這世界充斥著非理性的東西。我所不了解其獨特意義的這個世界，就只是一個巨大的非理性而已。我們只要能夠說出一聲：「這很清楚明顯」，那就一切得救了。但是這些前仆後繼的思想家宣稱沒有任何是清楚明顯的，一切都混沌混亂，人所保有的只是清晰理智，以及確然認知自己周遭圍堵著一座座牆的事實。

所有這些經驗都彼此協和、印證，當精神遇到了這些圍堵的牆時，必須做出判斷，選擇出結論。結論不是自殺，就是找到了答案。然而我想把探討的順序倒過來，從智識的探索出發，最後才回到日常的行為上。這裡所提到的探索經驗，誕生於沙漠中，也必須一直停留在沙漠中。我們至少必須知道這些經驗能獲致什麼結果。人努力到了這一點上，便迎面遇上非理性。他感受到自己尋求幸福與理性的欲望。荒謬產生於人類的呼喚和世界無理沉默之間的對立。這一點不可忘記，一定要牢牢記著，因為整個生命的重要性誕生於此。非理性、人性惆悵，以及兩者面對面時冒出的荒謬，正是這齣戲劇中三個主人翁，這齣戲必然以存在能夠找到的邏輯作為結尾。

---

30 普魯斯特（Marcel Proust, 1871-1922），法國意識流作家，擅長以悠長的敘述將某個時刻、某個場景定格住，文評家們認為他所著的《追憶逝水年華》就是以筆讓逝去的時光倒轉、凝結。譯註。

31 這裡的「非人性」指的是如此不斷滋生的現象繁多龐雜、天馬行空，已超過人類經驗的了解與負荷，已不再符合人類感興趣、想關注的議題，因此與人性背道而馳。譯註。

哲學性的自殺

荒謬的感覺並非荒謬的概念，前者奠定了後者，如此而已。荒謬的感覺並不能概括荒謬，只是在評斷世界時短暫地代表了荒謬而已。這感覺必須更往前進。這感覺是活生生的，換句話說，它要不就死亡，要不就繼續往前。我們之前歸納的議題亦是如此。但再一次重申，我的重點不在本書中提及的作品或是那些思想家——評論他們的作品需要另一種形式、另闢篇幅——在此只單純討論他們得出的共通結論。或許思想家們的結論從未如此分歧過，然而可看出引發他們思考的那個大環境卻是相同的。同樣地，透過如此迥異的知識領域，最後發出的那聲吶喊卻是相同的，顯然剛才提及的那些思想家的周圍，瀰漫著相同的氛圍。說這個氛圍是足以致死的，似乎不是在玩文字遊戲。在這種窒息的氛圍下，人必須選擇離開或是留下。我們必須知道前者如何離開，後者又為何留下。我以此來定義自殺問題，和存在主義哲學得出的結論之重要性。

我先暫且偏離正題。直到現在，我們一直是從外在標框出荒謬的範圍，現在要來探究荒謬這個概念內容到底是什麼，然後藉由直接的分析，試著找出它的意義和可能衍生的後果。

如果我指控一個無辜的人犯下了恐怖的罪行，如果我指責一個有德行的人染指自己的親姊妹，他會回答說：「這真荒謬。」這種憤慨有其可笑之處，卻也含著深沉的原因。那個有德行的人以這個回答表示我指責他的行為和他一生謹遵的原則完全相悖。「這真荒謬」的意思是：「這絕不可能」、「這是相悖的」。如果我看到一個人拿著刀攻擊一堆機關槍，我會認為他的行為是荒謬的，但這和德行並無關係，而是介於他的意圖和現實、他實際的力量和想達到的目的之間不成比例、互相衝突。同樣的，我們會認為某個判決很荒謬，因為它和所判決的行為明顯地不相符。同樣的，要呈現荒謬，就要拿荒謬推論出的結果與我們想要建立的邏輯現實之間來做比較。在這些例子裡，從最簡單到最複雜的狀況，比較之下的差距若是愈大，荒謬性就愈強。荒謬的事很多，荒謬的婚姻、荒謬的挑戰、荒謬的冤仇、荒謬的沉默、荒謬的戰爭、荒謬的和平。就每個例子來說，荒謬誕生於「兩相比較」之下。因此我斷定，荒謬的感覺並非針對某個事件或某個印象而產生，而是迸發自一個事件和某個現實、一個行動和它所無法掌握的世界之間的對照比較。荒謬基本上就是一種脫節分裂，它不存在被比較的兩個因素的任何一方，而是產生於兩者衝撞之時。

因此，就智識層面而言，我可以說荒謬既不在人（倘若這個意象有意義的話），也不在世界，而是在兩者並存之時。目前它是這兩者之間唯一的聯繫。倘若我維持在明顯現實這個層面，那就是我知道人要的是什麼，我也知道世界能提供的是什麼，現在還可以說我知道聯繫兩者的是什麼。不必往下挖掘了。對我的探究來說，這確定的答案就夠了。現在要做的，是從這裡推演出所有的結果。

這立即得出的結論同時也是一個方法規則。我們釐清的人／世界／荒謬這怪異的三位一體，並非什麼新大陸，但是它和人類經驗的結果相似之處，就是它同時非常簡單卻又極其複雜。就這一點來說，它的首要特徵就是不可分割，只要消滅其中一方，就是整個瓦解。荒謬不存在於人的心靈之外。因此，荒謬也和萬物一樣，會隨著死亡的到來而消失。然而，除此世界之外，也不可能存在荒謬。根據這個基本準則，我判定荒謬概念是必要的，甚且是我認知的第一個真實。上面所說的方法規則又在這裡出現：倘若我認定某件事是真實而必要的，就應該捍衛它。倘若我試著針對一個問題提出解決方法，至少不應該以這個解決方法驅除問題中的任何一個基本要素。對我來說，唯一的已知數是荒謬。問題是如何找到出路，弄清自殺的原因是否就僅是來自於這荒謬。我的探索，首要、其實也是唯一的條件，就是捍衛這個真實——儘管它壓得我喘不過氣——從而尊重我所認為它的基本內在。我剛才已為它下過定義，這是一場衝突、一場無可喘息的奮戰。

把這荒謬的邏輯推到最後，我必須承認，這場奮戰毫無希望可言（這和絕望是兩碼子事），只是不斷地駁斥拒絕（這不可和全盤放棄混淆）、意識上的無法滿足（這不能與青少年式的煩躁憂心相提並論）。一切摧毀、規避、消除（尤其是消除人與世界對立的苟且鴕鳥心態）這些駁斥和不滿的，就是在毀滅荒謬、貶低我們建議的面對荒謬的態度。唯有不妥協、不接受這種對立時，荒謬才開始產生意義。

*

有一個似乎完全合情入理的明顯事實，那就是：人永遠在尋求自身的真實。一旦找到了這真實，便無法擺脫。這是要付出代價的。人一旦意識到了荒謬，就永遠無法掙脫它。一個意識到自己毫無希望的人，不再屬於未來，這是自然而然的。而他努力想逃脫自己創造出來的宇宙，也是很自然的。至於在意識到荒謬之前的一切，也只有在發現這衝突對立時才產生意義。就此而言，現在最有建設性的，就是檢視人們如何從批評理性主義出發，從而發現荒謬氛圍，乃至於擴展他們的結果的方法。

然而，若只侷限於探究存在的各種哲學思想，我發現它們無一例外都建議逃避一途。那些存在主義哲學家以他們詭異的推論，從理性的殘垣之中出發，封閉侷限在人的世界裡，神化那壓垮他們的東西，在摧毀他們的東西之中找到一個懷抱希望的理由。這勉強懷著的希望存在一切的宗教本質裡。這一點需要深入探究。

我在此只舉例分析幾個舍斯托夫和齊克果提出的特殊議題，然而，亞斯培展現的更是這種態度的極端典型。經由他這個典型，我們能更清晰明白他們的態度。亞斯培無法證實超驗性，無力探測人類經驗的深度，並意識到這世界只有失敗一途。他會有什麼進步，或至少從這失敗中汲取出什麼結論嗎？他沒有提出新的論點，除了承認自己的無能之外，並沒有從經驗裡汲取任何東西，也沒有提出任何令人信服的原則。而且在毫無證明之下——他自己也這麼說——就一股腦肯定了神的超驗存在、經驗之存在，和超越人性之上的生命意義。他寫道：「位於一切可能的解說和詮釋之上，這失敗表露的豈非超驗的存在，而非虛無？」經由人類盲目的信仰，這超驗之物突然成為一切的解釋，他稱之為「普遍性與特殊性難以想像的統一」。因此，荒謬成了上帝（就這個字彙最廣泛的意義而言），無法明瞭的那個超驗之物現在卻解釋、啟示了一切。邏輯上來說，沒有任何東西可以導出這個結論。我大可以稱之為一個「思想跳躍」（un saut）。然而，矛盾的是，我們也可以理解亞斯培何以如此堅持迫切地強調這個超驗的經驗無法實現，因為這超驗之物愈是無法捉摸，愈無法界定，對他來說就愈是真實；也正因為如此，他愈是如此熱切宣稱超驗之存在，就愈證明他無法解釋這世界以及人類經驗的非理性。亞斯培似乎以他摧毀理性主義這種既定成見相同的火力，用決斷的方式來解釋這個世界。他這個非理性的信徒，將在非理性的極端裡找到解釋人深沉的存在理由。

種種神祕思想已經使我們對亞斯培這種思想不陌生。這種思想和其他任何心智態度一樣，也有其存在的權利。但目前我把它當作一個嚴肅問題來討論。先暫且不去斷定這種思想的全面價值和它的益處，我只是考慮它是否符合我設定的條件，是否和我所關注的矛盾問題有同樣高度。因此，我又要談回舍斯托夫了。有位評論家引述舍斯托夫值得我們注意的一句話：「唯一真正的出路，恰恰是在人類判斷沒有出路的地方。否則，我們何需上帝？我們求諸於上帝，僅是為了獲得不可能的。若是可能的，求諸人類就夠了。」倘若真有所謂的舍斯托夫哲學的話，這一句話就可以全盤概括了。因為，經過熱切分析之後，他發現存在的荒謬本質時，說的不是「這就是荒謬」，而是「這就是上帝：我們應該信賴祂，儘管祂不符合我們任何的理性範疇」。為了避免與人們理解的慈愛上帝混淆，這位俄國哲學家甚至暗示這上帝可能充滿仇恨、可憎、矛盾、無法理解，但祂的面目愈是可憎，證明祂的權力愈大。祂的偉大，就是祂的不合邏輯。祂的證明，就是祂的非人性。人必須躍入上帝的懷抱，藉由這跳躍擺脫理性的幻景。因此，對舍斯托夫來說，接受荒謬與荒謬本身是同時發生的，意識到荒謬就是接受它，他的一切邏輯思想就是在闡釋這一點，藉著這一點顯示出無比的希望。我再說一次，這種態度並無不可，但我在此還是只著重在荒謬這一個問題，及它衍生出的所有後果。我並不想檢視某個思想哪裡謬誤、某個行動是否忠於信仰，我有一輩子時間去做那些。我知道理性主義者認為舍斯托夫的態度令人惱火，但我覺得舍斯托夫對抗理性主義者是有理的，我想知道的，只是他是否能忠於荒謬所下的命令。

然而，如果我們承認荒謬是希望的相反，就可看出，對舍斯托夫而言，存在的思想已預先承認了荒謬，但他只因為要解決荒謬才承認荒謬。這種靈狡的思想只是一個煽動人心的花招。此外，舍斯托夫把荒謬對立於一般道德思想和理性，稱它為真理與救贖。就這個對荒謬的定義來看，舍斯托夫根本上是認同荒謬的。然而，倘若我們認定荒謬的力道源自它與我們一些基本的希望相牴觸；倘若我們感到荒謬之所以產生，是來自我們的不同意不接受；那麼，當它進到不能理解、卻令人一切放心的永恆神性世界時，就喪失了它的真正面目、它的人性和與人相關的特質。如果荒謬存在的話，它是存在於人的宇宙中。一旦荒謬的概念轉化成永恆世界的跳板，便和人類的清明理智無關了。荒謬就再也不是人們認知到、卻不同意的明顯事實了。二者之間的角力就被規避了。人吸納了荒謬，二者共存，那麼對立、撕扯、分裂這些荒謬的基本特質就消失於無形。這個思想跳躍就是一種逃避。如此喜歡引述哈姆雷特這句「時間脫離了環節」（The time is out of joint）的舍斯托夫，自行賦予了這句話一種特殊而熱切的希望。然而哈姆雷特所說、莎士比亞所寫的這句話，含義必非如此。非理性的迷醉和神召的狂喜轉移了人面對荒謬的清明理智。對舍斯托夫而言，理性是無用的，但有某種東西存在於理性之上。對荒謬精神而言，理性是無用的，理性之上也不存在任何東西。

這種思想跳躍至少讓我們更澄清了一些荒謬真正的本質。我們知道它只存在於一種平衡之間，存在於比較之間，而非存在於平衡比較中的任何一方。但是舍斯托夫卻讓一方承受所有的重量，毀滅了這個平衡。唯有在我們能夠理解、解釋許多事情之後，想了解的渴望、對「絕對」[32]的惆悵才能找到一個解釋。所以不必全盤否定理性，它有它的宇宙，在這宇宙範圍內自然有它的效用。這宇宙就是人類的經驗範圍。正因如此，我們才想要讓一切都清楚明白。倘若一切無法清楚明白，倘若此時荒謬產生了，就是與效果有限的理性，與借屍還魂反覆出現的非理性衝撞之時。當舍斯托夫對諸如黑格爾式（hégélienne）的這種說法：「太陽系的運行符合不變的律法，這些律法正是它的理性」覺得反感，當他全心全力推翻史賓諾沙的理性主義（spinozien），正是在顯示理性是虛幻的。他從全盤推翻理性，很自然卻無法令人信服地轉而推崇非理性[33]。這個過渡並非如此清楚明白。因為，這裡牽涉到「限度」的概念和「層面」的概念。自然的律法在某個限度內可能是有理的，超過了這個限度，就會轉而反對它自身，因而產生了荒謬。又或者，自然律法在形容描繪的層面可以成立，在解釋的層面卻不然。這一切都因為非理性而被犧牲掉了，想弄清楚明白的這個要求被抹殺了，荒謬也連帶著因比較中的一方消失而消失了。相反地，荒謬之人不做這種調整。他正視對抗，不絕對蔑視理性，也不否定非理性。他全面檢視所有人類經驗的結果，在全盤明瞭之前並不想跳躍。他知道的僅是，在他這警醒的意識中，「希望」再也無容身之地。

我們在舍斯托夫筆下所感受到的，在齊克果身上可能更加明顯。誠然，在這樣一個難以捉摸的作者筆下，很難看出明確的主張；但儘管在互相駁斥、化名出版、惡作劇和嬉笑怒罵的作品中，我們一路看下來，依舊能從中感受到他對一個事實的預感（也同時含著擔憂），這在他最後幾本著作中迸發出來了：齊克果也做了思想跳躍。基督教讓他在童年時期如此恐懼排斥，終於他還是返回去面對這張嚴峻的臉。對他來說也是，背反[34]和矛盾成了信仰者的標準。就這樣，那讓生命失去意義和深度的，現在卻賦予了生命真實和光明。基督教是醜行[35]，齊克果毫無保留所要求的，正是羅耀拉[36]要求的「第三犧牲」——上帝

32「絕對」在哲學上的意思是：不受條件限制、純粹的、完全的，可姑且用「完美純粹」來理解它。譯註。

33 這裡特別指的是他所說的「非必然性的例外」概念，以及他反亞里斯多德的論點。原註。

34 背反（antinomie），或稱二律背反，概念來自康德的哲學，說明對同一現象的兩種解釋彼此矛盾但卻又各自成立。譯註。

35 齊克果批判當時基督教制度、教條主義都阻隔人真正投向上帝，是醜行。譯註。

36 羅耀拉（Ignace de Loyola, 1491–1556），西班牙人，耶穌會創始人。文中所說的「犧牲」，是耶穌會發的三願：貧窮、貞潔、服從。第三個「智力的犧牲」指的是服從上帝。譯註。

最喜歡的「智識之犧牲」[37]。這個思想跳躍很怪異，但並不讓我們驚訝，因為荒謬只是人世經驗的一個殘留，齊克果卻把它變成了彼世的標準。他寫道：「信仰者在他的失敗中找到了他的勝利。」

我無需思索他這個心態是否包含什麼驚人的預言，我要知道的只是，荒謬的面貌和特質能否證實這種心態是合理的，就這一點，我知道，並不能。我們再次審視荒謬的內涵的話，就比較能明瞭齊克果所採用的方法。介於世界的非理性和對荒謬的反抗之間，他沒有維持平衡，沒有尊重會產生確切荒謬感的關聯。既然確知無法逃避非理性，那至少能逃脫這如此貧瘠、無意義的絕望惆悵吧。這一點，在他的判斷裡或許有道理，在他的「否定」（négation）裡卻不然。倘若他以狂熱的信仰取代反叛的吶喊，那就漠視了一直以來啟發他的荒謬，並神化他自此唯一確定的——非理性。加里亞尼主教[38]曾對埃皮奈夫人[39]說：「重要的不是痊癒，而是與疾病共存。」但是齊克果要痊癒。痊癒，是他狂熱的願望，貫穿他整本日記。他努力用一切智能逃避人類生存境況的背反矛盾，但他不時看見這麼做是虛妄徒勞，努力顯得更加絕望，例如當他談到自己時，彷彿對上帝的敬畏，或是虔誠之心，都無法帶給他平靜。因此，他以拐彎抹角的牽強手法，賦予非理性一個面貌，賦予他的上帝荒謬的屬性：不公、不一致、無法理解。他唯有以智識強壓下人心深處的希望與要求。既然什麼都沒被證明，一切都可被證明。

齊克果自己闡述了他的心路歷程，我在此並非要臆測什麼，然而，在他的作品裡，很難看不出他面對荒謬的態度，其實正是他自願殘害靈魂的徵兆。這正是貫穿他整本《齊克果日記》（*Journal*）的主題。「我所缺乏的，是那也屬於人類命運的獸性……那就給我一個軀體吧。」以及：「喔！尤其在我幼年時，都沒有鍛鍊自己，哪怕六個月都好……我所

37 人們或許會認為我忽略了信仰這個基本問題。但是我並非在探討齊克果、舍斯托夫或後面會談到的胡塞爾的哲學思想（這需要另外的篇幅和另一種思考態度），我僅從他們身上借用一個議題，來審視這個議題的推論結果是否符合既定的規則。這只是我個人的固執。原註。

38 加里亞尼主教（abbé Galiani, 1728–1787），義大利主教、經濟學家、文人。譯註。

39 埃皮奈夫人（Mme d'Epinay, 1726–1783），法國女作家，她在巴黎的沙龍聚集眾多當時貴族、文人、哲人。譯註。

欠缺的，其實是一個軀體和生存所需的肉體條件。」[40]然而，這個絕望的人卻發出了希望的震天吶喊，穿越了好幾個世紀，鼓動了那麼多人心——只除了荒謬之人的心。「對基督徒來說，死亡絕不是一切的結束，儘管生命充滿健康和精力，死亡帶來的希望比生命帶來的更多。」經由醜行（基督教）來妥協，依舊是一個妥協罷了。儘管這妥協或許能讓人從生命的反面——死亡——中汲取希望，儘管同理心讓人能理解他這個態度，但我還是必須說，「過度」就是過度，無需辯解。這超過了人的尺度，因此這必定是超乎人性的。這個「因此」都是多餘的，因為這裡毫無邏輯上的確然性，也毫無實驗得出的或然性。我所能說的，是這的確超出了我的尺度，倘若我並未從中得出一種否定，至少我不要在不可理解之上建立什麼。我要知道是否能以我所知的、僅僅以我所知的活著。有人說，在這裡智識該犧牲它的傲慢，理性應該屈服；但就算我認為理性有其侷限，卻不因此否認理性，我承認它的相對能力。我只是要堅持在這條智識能保持清晰的中間的路上；倘若這叫做智識的傲慢，我並沒有找到足夠的理由放棄它。再沒有比齊克果這個觀點更深刻的了，他說絕望不是事實，而是狀態：罪惡的狀態。因為，罪惡會使人遠離上帝。然而，荒謬是意識警醒之人的形而上狀態，它不會導向上帝[41]。我大膽說出一句狂言，或許能讓這個概念更清晰：荒謬是沒有上帝的罪惡。

問題是，我們必須與荒謬的狀態共存。我已知道它奠立在什麼之上，心智和世界背對著背靠著，卻無法相互擁抱。我詢問生存在這種狀態下的法則，人們卻建議我忽略它的基本，去否定它痛苦抗衡中的一方，要我逃脫。我詢問我這樣的生存狀態接下來會導致什麼，我知道將會是晦暗與混沌，但人們安慰我說這混沌就解釋一切，這晦暗就是我的光明。但這個答案並沒有回答我的企圖，這動人的田園詩歌未能掩飾住矛盾，所以這條路是不可行的。齊克果大可以高聲吶喊、警告：「倘若人沒有永恆的意識，倘若在萬物底下只有一種狂野騷動的力量，在晦暗的熱情漩渦中只會產生出所有巨大而無意義的事物，倘若所有事物之下潛藏的只是什麼都無法填滿的深不見底的空虛，那生命除了絕望，還能是什

---

40 齊克果幼年體弱多病，性格憂鬱。這裡說的「獸性」、「軀體」、「肉體條件」都是指一個健康的身體。譯註。

41 我沒有說「排除上帝」，若這樣說，依舊是肯定上帝的存在。原註。

麼呢？」這聲吶喊並不會阻止荒謬之人。尋求真實，並不是尋求我們所希望的。倘若為了逃避「生命是什麼」這令人焦慮的問題，必須像驢子一樣吃下幻象的玫瑰[42]，那麼荒謬的心靈與其屈服於謊言，寧可不畏懼地接受齊克果的答案：「絕望」。在審視考慮過一切之後，一個下定決心的心靈總會找到出路。

*

我在這裡姑且將這種存在的態度稱為哲學性的自殺。但這不意味著評斷，只是一個權宜的說法，以便指出一個思想否定自身，並試著藉由這個否定超越自身這種作法。對探討存在的人來說，否定是他們的上帝。確切地說，這上帝藉著人對理性的否定才能立足[43]。但是，如同自殺一樣，上帝是會隨著人而改變面目的。跳躍的方式有很多種，但重點是「跳躍」這個動作。這些救贖性的否定、這些否定我們還沒跳躍過的障礙的最終矛盾，或許來自於某種宗教的啟發（這個推論針對的是「矛盾」），也或許來自於理性秩序。這些否定和矛盾總是企望著永恆，而僅僅因為如此，它們進行了思想上的跳躍。

我必須重申，本文進行的推論，將學術百家在本時代最廣泛流行的精神態度完全放在一邊，那個態度就是：以「一切皆理性」的原則，對世界萬有解釋的精神態度。既然人們認為世界應是清晰明瞭的，那就給它一個清晰的觀念，這很自然，甚至有道理，但與我們在這裡進行的推論並不相關。「一切皆理性」的目標，是要闡明心靈發展的方法步驟，既然出發點是「世界無意義」這個哲學思想，就得為世界找出意義與深度。在這些方法裡，最莫名其妙的就是宗教性的方法，因為它藉著非理性議題而發揚光大。然而，最矛盾、最應注意的思考方式，是本來相信世界沒有指導原則，卻賦予它理性解釋的做法。我們先要弄清這種新的尋求解釋的精神態度，才能談論我們的重點——它所導致的結果。

我在此只審視胡塞爾和其他現象學家蔚為風尚的「意向」（l'Intention）這個議題，

---

42 取材於二世紀羅馬作家阿普留斯（Apulée）所著的《金驢變形記》（*L'Ane d'or*），描述一個人變成驢子，必須吃玫瑰之後才能再變回人的故事。譯註。

43 我再次重申：這裡的重點並不在於對上帝的肯定與否，而在於推演出人到上帝的邏輯。原註。

前面我們已經稍微提及。最開始，胡塞爾的方法否決了理性的傳統步驟。容我再重複一遍，他的論點是：思考不是統匯一切，不是把所有表象放在一個大原則之下，讓人覺得熟悉可理解；思考，是重新學習去觀看、去引導自己的意識，是將每個影像凝結為一個重點。換句話說，現象學不是要解釋世界，只是要描述實際的經驗。現象學最初主張的一點——這點和荒謬思想不謀而合——就是沒有唯一真理，只有各種真理。從晚風直到搭上我肩膀的那隻手，萬物皆有其真理，意識的專注使它的真理顯現。意識並不會讓感知的對象具體成形，只是凝結它，只是一個投射注意力的動作，借用柏格森[44]使用的意象，意識就像一個投影機，將燈光投射在某個影像上。差別是沒有劇情，只有連串但不連貫的影像。在這個旋轉圖案燈上，每一個影像都是特殊的。意識將關注的物體從人的經驗中懸空，藉由這個奇蹟手法，將它隔離，因而將它超乎於一切評斷之外。就是這個「意向」構成了意識。但是「意向」這個字不含任何目的性，受困於「指向」這個侷限：它的價值只像一張詳細地圖。

乍看之下，現象學的論點似乎沒有和荒謬精神牴觸的地方。這種思維方式故作謙卑地侷限於描述，不做解釋，卻反而增加了經驗的深度與豐富，藉著巨細靡遺的冗長描述以另一個角度使世界重生，卻自願設限於此。這也是荒謬思維的方式，至少第一眼看來是如此。因為，不管是什麼思維方式，必定涵蓋兩面，一是心理層面，二是形而上層面[45]，由此揭示兩個層面的真理。倘若「意向性」這個議題的目的只是闡釋心理層面，真實只是被詳盡呈現而非被解釋，這點的確和荒謬精神並無區隔。它的目的只是列舉出無法超越的，它只是證實，在沒有任何統一原則下，思想還是能盡情描繪、理解每個經驗的面向。每個被描繪面向的真實內涵，是屬於心理範圍，它只是凸顯現實可能代表的「重要性」。這是一種喚醒昏睡世界，使它在心靈面前生動起來的方式。然而，若想理性地擴展與奠定這個對真實的概念，若想因此挖掘出每個可感知事物的「本質」，就不得不在經驗中重新整合它。這一點卻是荒謬精神無法理解的。除了這一點之外，「意向」由卑微呈現轉變到確定，現

---

44 柏格森（Henri Bergson, 1859–1941），法國哲學家，非理性主義代表人物。譯註。

45 儘管最嚴密精確的認識論也涉及形而上。就這一點看來，本時代大部分思想家的形而上學，只不過是認識論。原註。

象學思考方式發出的光芒，比其他任何思維都更完美體現了荒謬推理。

胡塞爾也提到由意向所產生的「超時間本質」（essences extra-temporelles），這讓我們想起柏拉圖（Platon）。不能以單一一個事物解釋萬物，必須以萬物解釋萬物。我看不出兩者有何不同。胡塞爾認為經由每個描述之後，意識「執行出」的這些想法或這些本質，還不是成熟完美的模型，但它們會直接呈現在感知中。沒有一個解釋一切的單一思想，而是無限多的本質賦予無限多的事物的意義。世界靜止不動，但清明朗澈了。柏拉圖式的現實主義[46]成為直覺式的，卻依然是種現實主義。齊克果投身於他的上帝裡，帕梅尼德斯將思想推向「圓滿整體」；胡塞爾的思想則投進抽象的多神論裡。不僅如此，連幻象和虛構也都屬於「超時間本質」。在這個嶄新的思維世界裡，半人馬怪獸和比較低微的當今現世合作[47]。

對荒謬之人而言，世上每個面向皆特殊的這個純心理學觀點，其中有真實卻也滿含苦澀。萬物皆特殊，反過來說也就是一切都等同。然而這個真實的形上學層面無限拉高，只消一轉念，荒謬之人或許就接近柏拉圖了。荒謬之人被告知，任何一個影像都擁有相同特殊的本質；在這個沒有階級的理想世界裡，「形式上」的軍隊都是由將軍組成。無庸置疑，超越已經被抹滅了。但是只要思維稍微轉動，就能把片段式的內在重新植入世界，進而建立世界的深度。

我是否該擔心將學者們謹慎小心創立的議題扯得太遠？我只讀到胡塞爾寫道：「真實，就本身來說就是絕對真實；真理就是一，與本身同一，不論是由誰——人、怪物、天使或神祇——的眼中看來，都是這樣。」這句表面看來矛盾的斷言，若了解他之前的說法，就能感受到其中嚴肅的邏輯推演。這句話唱響理性的凱旋大勝，這我無法否認。但在荒謬世界裡，他這肯定何其意義之有？天使或神祇所看到的對我並沒有任何意義。神聖至上的理性批准哪裡是我的思考該立足的精確地方，這我向來無法理解。在我看來，胡塞爾也思想跳躍了，就算這個跳躍是抽象的，對我來說，就是忘記我恰恰不要忘記的。胡塞爾

46 柏拉圖主張，理念／理形（idea）是永恆不變的，我們的現實世界是理念的不完美再現。譯註。
47 半人馬是古希臘神話中的天馬行空古怪的野獸，當今現世指的是當世代現象學家，卡繆以這個意象批評胡塞爾等現象學家。譯註。

還說：「就算所有受地心引力的東西都消失了，地心引力法則並不會銷毀，只不過沒有應用上。」我們知道，這是形而上的慰藉。若我想找出他的思想何時偏離了顯著事實之路，只需再讀一下胡塞爾關於精神的相關推論：「如果我們清晰地思索心理進程的確切律法，就會發現它也是永恆不變的，一如自然科學的基本定律。因此，就算沒有任何心理進程，這律法依舊成立。」就算精神不存了，律法還在！因此我明白了，胡塞爾企圖由一個心理事實制定出一個理性律法：他藉由否定人類理性的整合能力，輾轉地跳躍到「永恆理性」裡了。

因此，胡塞爾提出的「具體宇宙」並不讓我驚訝。它告訴我，並非所有的本質都是形式的，其中許多是實質的，形式的本質是邏輯的對象，實質的是科學的對象。這只不過是定義問題而已。他斷言，抽象本身表現的只是具體宇宙中非具體的一部分。但之前提到的不變已能讓我分清這兩個混淆的詞。這是說，我所注意到的具體對象，天空、反射在大衣一角的水光，都各自保有我將之獨立出來的珍貴真實。這我不否認。但這也是說，這大衣本身也是宇宙性的，有它特殊而自足的本質，屬於形式的層面。那我明白，我們改變的只是過程的順序罷了。這世界不再反射在一個更高的宇宙，而是天上的形體投影在地面一堆影像之上。對我來說，這沒有改變任何事情。我在其中看到的不是具體的況味、人性生存狀況的意義，而是一個讓具體本身普遍化的脫韁了的知性主義（intellectualisme）。

*

蔑視理性或萬事皆理性的思想，各自以相反的道路推翻了自己，狀似矛盾，但大可不必訝異。從胡塞爾的抽象上帝到齊克果閃電般突如其來的上帝，兩者差距並不大。理性和非理性其實說的是同一套，走哪條路關係並不大，只要抵達同一個目的地就好了。抽象哲學家和宗教哲學家從相同的驚惶出發，在同樣的恐懼中互相扶持，只是各自有各自的解釋方式罷了。在此，想要找到一個解釋世界的說法，比如何解釋的方法來得重要。我們這個時代的思潮，「世界無意義」的哲學扎根最廣泛，其結論又最分歧，這一點深具意義。這思潮不停搖擺於將現實極端理性化（直到分裂為一個個典型理性的地步），與極端非理性化（直到將之神化的地步）。然而這分歧只是表面，其實事關妥協，不管前者還是後者，跳躍就行了。我們總錯誤以為理性概念是一條單向道，其實就算它的企圖如此精確嚴謹，卻和其他概念一樣多變。自從普羅提諾[48]率先將理性融合進永恆氛圍之後，理智便背離它最重要的原則——矛盾，融入最怪異最神奇的「參與」（participation）[49]。理性成了一種思想的工具，而非思想本身。人的思想，終究是渴望世界統一一致並且能被理解解釋。

理性撫慰了普羅提諾式的憂鬱，也給了現代焦慮在熟悉的永恆神性布景裡得以平靜下來的方法。荒謬之人則沒那麼好運，對他而言，世界既不那麼理性，也不那麼非理性，它是不合理的，如此而已。胡塞爾的理性最終完全沒了界限；荒謬卻相反，因為理性無力安撫它的焦慮，它便標出了理性的界限。齊克果呢，則認為只要有一個界限，就足以全盤否定理性；荒謬則沒做到這個程度。對荒謬精神來說，這個界限只針對理性過度的野心。這些關懷生存境況的思想家構思的非理性，是混亂了、脫韁了、乃至於自我否定了的理性。荒謬精神眼裡的理性是清晰明確的，但有其界限。

只有在這條困難的道路終點，荒謬之人才找到他的真正理性。對照他內心深處的要求和人們所能提出的建議，他頓然察覺自己必須改變方向。在胡塞爾的思想宇宙裡，世界變得清晰，人心不必再渴求任何熟悉感。在齊克果眼中的世界末日景象裡，人若想滿足，就要放棄看清世界的希望。罪不在知（由這點看來，人人都是純真無辜的），而是知的欲望。這點恰恰是荒謬之人唯一感到自己犯的罪——知的欲望是他的罪，知是他的純真無辜。人們建議他一個圓滿結局，只消把過去所有的衝突矛盾視作論戰就好，但是他的感受並非如此。他要守護住那些衝突矛盾無法解除的這個事實。他要的不是宣傳說教。

---

48 普羅提諾（Plotin, 204–270），古希臘哲學家，出生於埃及，青年時在亞歷山大港求學，提倡新柏拉圖主義，對塑造中世紀基督教及天主教神學影響甚鉅。下文所說的「參與」（或譯為「分有」）意指個別的事物「參與」了理想典型，人要從個別事物超拔出來，努力達到理想典型的知識與思想，這是延續柏拉圖的思想。譯註。

49 A—在那個時代，理性必須適應，否則就會死亡。所以它適應了。隨著普羅提諾，理性由邏輯成為美學。隱喻取代了三段論。原註。
B—此外，這不是普羅提諾對現象學的唯一貢獻。這整個態度已經包含在這位亞歷山大港的思想家如此珍愛的思想內容裡：一切事物不僅代表一般整體，還代表一個個獨立個體（例如蘇格拉底是一個獨立個體）。原註。

我的推論要忠於之所以激起這個推論的明顯事實，這個明顯事實，就是荒謬——介於心靈渴求與令它失望的世界之間的分隔、我對一致性的遺憾惆悵、這四分五裂的宇宙以及糾葛的衝突。齊克果消除我的遺憾惆悵，胡塞爾統一整合這宇宙；但這並不是我期待的。重要的是與這些撕扯糾葛共存、共思，弄清楚是該接受還是拒絕。絕不該掩蓋這明顯事實，否定相對兩方中的一方來消除荒謬。我們必須知道能否與荒謬共存，或是邏輯命令我們要因荒謬而亡。我感興趣的不是哲學性的自殺，而是單純的自殺。我要做的只是將自殺抽離情感成分，弄清它的邏輯與真誠度。對荒謬精神而言，除此之外的任何其他做法都是逃避、在心靈所發掘的真相之前退縮。胡塞爾說應聽從那逃脫「在某些熟悉且舒適的生存條件下，根深柢固的生存與思考習慣」的欲望，然而最終那思想跳躍卻讓我們發現，他要的是永恆與安逸舒適。思想跳躍並不似齊克果所說的那麼極端危險，危險的是在跳躍之前那微妙的一刻。能夠堅持站立在這令人暈眩的山脊上，才是真誠的態度，其餘都是託詞。我知道「絕望無力」在齊克果身上激發出前所未見的感人和諧，但這絕望無力或許在歷史的漠然風景中有一席之地，但在我們已知道要求是什麼的這個推論之中卻無立足之地。

荒謬的自由

現在，最重要的已經釐清。我還是要堅持幾點無法背離的明顯事實。我所知的、我確定的、我不能否定的、我不能駁斥的，這些才重要。我可以全盤拋棄我那些依稀模糊的渴求，但無法拋棄對一致性的渴望、對解答的憧憬、對清晰與和諧的要求。我可以反駁這世界所有包圍我的、衝擊我的、帶領我的一切，卻無法駁斥這混沌，這統御一切的偶然，和因這團混亂而產生出的「一切皆等同」的亂象。我不知道這世界是否有一個超越它本身的意義，但我自知不了解這個意義，就目前來看也不可能了解。在我生存境況之外的意義，對我又有何意義呢？我能了解的，只是人性範圍的意義。我所觸摸到的、抗拒我的，這是我所明瞭的。而那兩件確定的事──對一致性的絕對渴求，以及不可能把世界簡化成理性與合理原則，我也知道無法使這兩者妥協相合。那麼，除了說謊，除了假裝一種我並不抱持、在我的人性範圍內也毫無意義的希望，還談得上什麼真實呢？

如果我是樹林中的一棵樹，動物界裡的一隻貓，此生可能有意義，或者這個問題根本不會出現，因為我就屬於這世界的一部分。我會是我現在以全然意識、我對熟悉的要求而對立的世界。就是因為這如此微不足道的意識，使我反抗整個世界。我無法將意識一筆勾銷。我相信是真實的，就要維護它。我認為明顯的事實，就算我不同意，也應該支持它。這構成衝突的基礎，造成世界與我心靈之間決裂的，豈不就是我擁有的意識嗎？如果要維持這個衝突決裂，我就要持續保持清晰的意識，不斷喚醒它，保持警戒。這就是目前我該堅持的。就在這一刻，如此明顯卻又如此難征服的荒謬，進到人的生命裡，尋得落腳之地。也是在這一刻，心靈得以離開智識，探索這條枯燥乾旱的道路，落入日常生活中，回到世界上無名大眾之中。然而，人雖然回到無名大眾之中，自此卻帶著反抗和清晰洞見，他已學會不抱希望。「現在」這個地獄，正是他的王國。所有人類的問題重新回到人的世界，抽象的明顯事實在千變萬化的形體和色彩前引退。心靈的衝突回到人性之中，在人那卑微卻恢弘的心中駐足。這沒有解決任何事，但改變了一切。接下來呢，我們是要尋死、藉著跳躍而逃脫，或是量身打造重建一個思想和形式的空屋子？或者相反，我們要支持荒謬這椎心但宏偉的嘗試？讓我們為此做出最後努力，得出我們的結論吧。軀體、溫情、創造、行動、人性的高貴，都將在這不合理的世上重拾地位。人終於在這世上找到「荒謬」的酒和「不倚賴宗教」的麵包，來孕育自己的偉大崇高。

我們還是要強調方法：那就是堅持。荒謬之人在路途上某一點，會受到煽動勸說。就算神不存在，歷史也充斥著宗教與先知。若有人慫恿荒謬之人跳躍，他能回答的，就是他還不太明瞭，這一切還不清楚，而他恰恰只做他完全明瞭的事。人家告訴他說這是七宗罪裡的「傲慢」，但是他不認識原罪這個概念；人家說或許生命的盡頭是地獄，但他想像不出那個陌生的未來；人家說他會失去不朽的永生，但那對他而言並不重要。人家要他承認他的罪，但他感覺自己是無辜的。老實說，他只感覺到這個——他無法彌補的無辜，而這給了他一切的可能性。因此，他要求的，是僅僅依靠他所知的活著，處理真正存在的，不讓一切不確定的介入干擾。人家又說，沒有什麼是真正存在的。然而，至少這就是個確定，他必須面對的就是這個：他要知道，沒有上帝的幫助，是否能活下去。

*

我現在可以談論自殺的概念了。我們已經知道可能的答案是什麼。就這一點，問題應該倒過來。原先的問題是要知道生命是否有意義，值得一活。現在則相反，生命沒有意義，我們是否該把它活得更好。經歷一段經驗、一個人生，就是完全接受它。人生是荒謬的，若不盡全力正視這意識所發掘出的荒謬的話，就無法活下去。否定生命中任何對立的一方，就是逃避荒謬意識。抹滅反抗意識，就是規避問題。「持續的革命」這個議題就這樣移轉到個人經驗裡。活著，就是讓荒謬活著。讓荒謬活著，首先就是正視它。和尤麗狄絲[50]相反，荒謬只有在我們背對它時才會死亡。因此，唯一合邏輯、不自相矛盾的哲學立場，就是反抗。反抗是人類與自身的黑暗不懈的衝撞，它要求不可能達到的透明真實，它每一秒鐘都質疑世界。面對危險，人會把握任何反抗的機會，同樣的，形而上的反抗將意識擴展到整個生命經驗。反抗是人對自己持續不停的呈現，它不是渴望，不抱任何希望。這反抗只是坦然面對壓迫著人的命運，卻不因而向它妥協。

在這裡，我們看出荒謬經驗和自殺是如何的南轅北轍。或許有人相信自殺也是反抗，那可就錯了，因為它完全不符合反抗邏輯的結論，而且正好相反，代表的是對命運的默認。自殺和思想跳躍一樣，是承認了它的界線。一切都完了，人又回到最基本的歷史裡，他的未來——唯一且恐怖的死亡未來，他不只認清了，還急著朝它飛奔而去。自殺以它的方式解決了荒謬，將荒謬一起拖入死亡。但我知道，荒謬為了維持下去，是不能被解決的。自殺不能解決它，因為它就是意識，拒絕接受死亡。死刑犯在最後一刻的最終想法，在令人暈眩的墜落之際，不論如何還是注意到幾公尺外的一根鞋帶[51]。和自殺者完全相反的，正是死刑犯。

50 尤麗狄絲（Eurydice）是希臘神話裡水神奧菲斯的妻子，被毒蛇咬到而死。奧菲斯以音樂迷惑冥王，讓妻子得以返回人間。但在兩人抵達地面之前，奧菲斯不能回頭看妻子，但奧菲斯忍不住回頭，尤麗狄絲消失在無盡黑暗中。譯註。

51 死刑犯拒絕死亡，在最後一刻還心繫人生和人的世界，就像看到、想到幾公尺外任何一個和人的世界相關的微小事物，例如一根鞋帶。譯註。

這反抗賦予了人生價值，擴展在整個一生當中，建構了生存的輝煌。對一個不蒙蔽雙眼的人來說，沒有比智識陷於一個它無法了解的真實這個場面更壯觀的了。人性展現驕傲自尊的場面是無與倫比的，任何貶低打壓都無濟於事。心靈對自己要求的紀律、一點一滴凝鑄的意志、這面對面的鬥爭，都含有某種強勁而奇特的東西。這個造就了人的崇高的荒謬意識，削減它就是削減了人本身。於是我明白那些對我解釋一切的教義、卻同時也讓我消弱的原因了，它們卸下我生存的負擔，然而這是我必須自己去負擔的。在這種當口，我無法想像這種懷疑的形而上思想會和放棄的心態相融。

意識和反抗，這些駁斥正是放棄的相反。人內心所有的不屈不撓和熱情都激勵著他。就算面對死亡，也是不妥協，而非心甘情願去死。自殺是誤解了荒謬意識和反抗。荒謬之人會汲盡生命，汲盡自己。荒謬就是他最緊繃的張力，支持他繼續孤獨努力的力量，因為他知道這日復一日的意識與反抗裡，體現他唯一的真實，那就是不屈服的挑戰。這是第一個結論。

*

我若要保持這種經過思考的審慎態度，歸結一個新發現的概念所得出的後續結論（而且僅僅是這些結論），那就會面臨第二個矛盾。若是忠於這個方法的話，我不必討論形而上自由的問題。人是不是自由的，這我不感興趣。我只能體驗到我個人的自由，就我個人自由這一點，我也只能有幾個清晰的觀點，無法有一個廣泛的概念。「自由本身」這個問題沒有意義，因為這是以另一個方式關聯到上帝的問題。要知道人是否自由，就必須知道他能不能有個主人。這個問題特有的荒謬性，來自於使這個問題成立的概念，也同時抽離了它的意義。因為面對上帝，只有善惡的問題，而非自由的問題。我們都知道非A即B這個命題：要不，我們不是自由的，那麼，萬能的上帝必須對世間之惡負責任；要不，我們是自由且負有責任的，那麼，上帝就不是萬能的。各家學派細膩的說法，對這個尖銳的矛盾既無增也無減，毫無助益。

這也是為什麼我不會迷失在對神的禮讚，或神這個概念的定義裡，我不理解這個概念，一旦它超出我個人經驗範圍，它就無法被我理解，因此對我就失去了意義。我已失去階級觀念，無法了解一個更高的存在賜予我的自由會是什麼樣子。我對自由的概念只相對於囚犯、或現代某些國家政權下的個體。我唯一認知的自由，是思想與行動的自由。然而，倘若荒謬抹滅了我得到永恆自由的一切機會，這反倒會回復我、激發我行動的自由。被剝奪了希望和未來，代表著人更不受拘束了。

在遭遇荒謬之前，人的日常生活懷著目標，關心著未來和理由（對誰或對什麼交代不是這裡的重點）。他評估他的機會，他依靠未來，仰賴退休金或兒子們的工作。他還相信生命中某些事是可以操縱的。說穿了，他一舉一動都好似自己是自由的，其實所有事實都否定他的自由。遇見了荒謬之後，一切都動搖了。「我存在」這個觀念，我那彷彿一切皆有意義的行事方式（儘管有時我嘴裡也會說什麼都沒意義），都被「人會死亡」這個荒謬性斷然地推翻了。冀望明日、設定目標、把什麼擺在優先順位，這些都代表相信自由，儘管有時我們並不覺得自己自由。然而，一旦這個更高階的自由、這個存在的自由成為唯一能奠定真理的東西，我立刻知道自由不存在了。死亡就在那兒，這是唯一的真實。死了，遊戲就玩完了。我也不能自由地選擇永遠活著，因我只是個奴隸，尤其是個不抱永恆革命希望的奴隸，連蔑視的機會都沒有[52]。沒有革命也沒有蔑視，誰能夠繼續當奴隸呢？不能確定永恆，能有什麼樣完整意義的自由呢？

然而，同時間，荒謬之人明白，直至目前為止，他擁有的都只是假想的自由，活在自由的幻象裡。以某種意義而言，這個假象反而妨礙了他。只要他想像生命有一個目標，就得努力去達成，變成了自由的奴隸。因而，我的一舉一動都必須符合我準備成為的父親（或工程師、或群眾領袖、或郵電局小職員）。我自以為可以選擇這個而非那個，這「以為」出於無意識，沒錯，但是我同時支持了周遭人所相信的假說，更鞏固了我生活周遭的既定成見（其他人都如此確信自己是自由的，這個正面的情緒如此具傳染性！）。無論我們再怎麼避免既定成見，不管是道德的或社會的，都不免多多少少受其影響，甚至主動去符合那些最好的成見（成見有好的也有壞的）。因此，荒謬之人明瞭自己並非真正自由。說得

52 沒有人可以蔑視「死亡」這個事實。譯註。

再清楚些，只要我期望、我關注屬於我的真理、關注生存或創造的方式；只要我安排我的生命，並由此承認生命有一個意義，那就是自造圍籬限制我的生命。那就是和那些處理精神和心靈如同處理公事的公務員一樣，只讓我覺得厭惡，我現在看清楚了，他們所做的只是假裝人真的擁有自由似的。

荒謬告訴我一件事：沒有來日。這成為我內在自由的原因。我在這裡做兩個對照比較。首先是神祕主義者，他們藉著奉獻自己找到自由。投身於神，接受神的規範，因而也獲得某種神祕的自由，在自發性的奴役下找到內心的自主。但這自由代表什麼意義呢？可以說他們面對自己覺得自由了，而非真正解放了。同樣的，荒謬之人全然面向死亡（死亡是最明顯的荒謬），掙脫這迎向死亡之外所有的一切，將心意凝聚在死亡上，因而領受到共通規範裡的自由。我們從這裡可以看到，存在主義哲學出發點的議題保存了它們所有的價值。回歸到意識本身，逃脫於日常生活的麻痺，這是荒謬自由的第一步。但是存在主義哲學力求達到的是存在哲學的傳道性，乃至於產生根本是逃避意識的精神跳躍。同樣地（這是我的第二個比較），古代的奴隸不屬於自己，但他們擁有不必為任何事負責的自由[53]。死亡也有一隻貴族主子的手，它壓迫人，但也解放人。

人投身在這確定死亡的深淵裡，體認到與自己的生命其實相當陌生隔閡，想要擴大這個生命，不以戀人般短視地經歷它，這便是一種自由的原則。這個新的獨立自主，猶如一切行動自由，有其時間限制，它不會開一張永恆的支票。然而它取代了死亡來臨時一切皆了的自由幻象。某個黎明，監獄的門在死刑犯面前打開，他那超凡的不受約束，他那對一切令人難以相信的漠然——只除了生命純粹的火焰之外。我們看得很清楚，在這裡，死亡和荒謬是唯一合理的自由原則：也就是人心可以體驗與經歷的自由。這是第二個結論。荒謬之人因此瞥見一個既灼熱又冰冷、既透明又侷限的世界，在這世界裡什麼都不可能，但一切都已既定，這個世界之外就是潰散和虛空。他可以決定接受生活在這樣一個世界裡，從中汲取力量、拒絕任何希望，堅持地固守一個沒有慰藉的生命。

53 這裡比較的只是事實，而非為羞辱的奴役制度辯護。荒謬之人和妥協之人正好相反。原註。

*

但是，在這樣一個世界裡，生命代表什麼意義呢？目前來說，只不過是對未來的漠然和汲盡所有生命所給予的。相信生命有意義，就是代表著價值觀的準則、選擇、我們的好惡；然而，根據我們的定義，相信荒謬則代表完全相反的事。這點還需要多一點著墨。

知道能否「沒有希望地」活下去，這是我唯一關心的事，我的討論不離開這個範圍。既然這是生命的面目，那麼我能否適應它呢？針對這個特殊的擔憂，相信荒謬就等於用人生經驗的「量」取代「質」。倘若我堅信這個生命的面目別無其他，只是荒謬；倘若我認為生命的平衡，取決於我意識的反抗和它掙扎的黑暗之間永遠的對立；倘若我承認我的自由只有在面對侷限的命運時才有意義；那麼我必須說，重要的不是活得更好，而是活得更多。我不必思索這是粗俗的或是令人噁心的，高雅的或是令人遺憾的。我們在這裡只判斷事實，將價值判斷整個排除。我只根據我所見做出結論，不做任何假設。倘若這樣活著被視為不誠實，那麼，對自己真正的誠實會命令我不要誠實。

廣義來說，「活得更多」這條生命準則毫無意義，必須闡釋得再清楚一點。首先，我們對「量」這個概念的討論似乎不夠，它其實足以闡述人類經驗的一大部分。一個人的道德、價值準則只有在累積大量繁多的經驗之下才會有意義；然而，現代生活的條件強制大部分人擁有等量的經驗，因此大家都擁有相同的經驗深度。誠然，也必須考慮到個人自發加注的，那些他所「被給予」的天賦異稟，但我不能評斷這點，再次重申我在這裡的規則，是處理立即的明顯事實。我發現，共通倫理道德的特性並非存在於那些可以說得堂皇響亮的原則裡，而是存在於眾人自發性的經驗標準裡。說得再深一點，希臘人休閒娛樂的道德習性，正如同我們每天工作八小時。當然，有許多人——尤其是那些悲劇英雄——讓我們預見到，一個比較長的經驗累積會改變價值標準；他們使人想像一個日常生活中的凡人，僅僅藉著經驗的量就足以打破所有的紀錄（我是故意使用這個運動術語），並贏得個人的道德準則[54]。但是目前且讓我們遠離浪漫主義的英雄人物，僅自問，若一個人下決心接受

54 有時量也足以構成質。根據新近奠定的科學理論，一切物質皆由能量中心構成，這些能量中心的大小構成物質的特性。介於十億顆離子和一顆離子之間，不僅量不同，質也相異。人類經驗中不乏這種類比。原註。

生命這個挑戰，並嚴格遵守他所認定的遊戲規則，這個態度代表的意義是什麼？

打破所有的紀錄，首要的意思只不過是盡量面對生命。在沒有矛盾和文字遊戲的情況下，這又怎能做到呢？因為，荒謬一方面告訴我們，一切的經驗都是無關緊要的，另一方面卻推動我們汲取最大量的經驗。那麼，如何能不像上面提到的那些悲劇英雄，選擇能帶給我們人性經驗的生命形式，以此奠立一套價值標準，而這套價值標準卻恰恰又是我們想否定拋棄的？

能解答這個問題的，還是荒謬；因為，認為經驗的量取決於生命的境遇是錯誤的，它其實取決於我們自己。在此，必須簡而言之：對於兩個同樣歲數的人，世界永遠提供等量的經驗，我們自己必須去意識到這些經驗。盡可能地去感受生命、反抗、自由，就是活得更多。只要意識清明，便無需價值標準。更簡而言之，唯一的障礙，唯一「吃虧」的，就是提早死亡。此處所談及的世界，是和死亡完全相反的世界，只有活著才能體驗生活的經驗。對荒謬之人來說，沒有任何深度、任何情感、任何熱情、任何犧牲能讓充滿意識的四十年相等於意志清明的六十年歲月[55]（儘管他願意如此也沒辦法）。在他眼裡，瘋狂與死亡是無可救藥的，是人無法選擇的。荒謬，以及荒謬帶給生命的，皆非人的意志可控制，而是相反，取決於死亡[56]。仔細斟酌一下字句，其實這完全是運氣問題，人只有接受的份。二十年的生命與經驗，是什麼都無法取代的。

像希臘如此謹慎的民族，竟會有這樣荒唐怪異的想法：他們認為神祇鍾愛年輕就死的人。就算這是真的，我們也必須承認，進入神的虛妄世界，就是永遠失去最純粹的快樂——感受、感受這塵世生命的快樂。荒謬之人的理想，就是以不斷清明的靈魂面對當下，以及一連串的當下。然而，「理想」這兩個字也不完全正確，因為這不能算是荒謬之人的職志，只不過是他推論出的第三個結論。對荒謬的思考從一個對「非人性」[57]的焦慮意識

55 這也可以引伸到完全不同的「虛無」這個概念上，虛無這概念既不會增加也不會削減現實。在虛無的心理經驗裡，是要考慮到兩千年之後將會發生的事，我們自身的虛無才會真正產生意義。在這個觀點下，虛無的起因其實是繼起之生命的總和，而非我們自身的生命。原註。

56 意志在這裡只能起仲介的作用：它盡量維持意識清晰。它提供一個生命的原則，這一點是值得稱許的。原註。

57 「非人性」指的是所有人的意志無法左右的事物，例如死亡。譯註。

出發，最後在它旅途的終點，回到人灼烈的反抗之火中。[58]

*

因而，我從荒謬汲取出三個結論，那就是我的反抗、我的自由、我的熱情。僅僅藉著意識，我將死亡的邀請轉化為生命的準則——我拒絕自殺。誠然，我知道日常生活中紛擾的那些低沉響聲，對此我只能說：那是必需的。尼采寫道：「顯然的，在精神世界和塵世生活之間，最主要的一件事就是長時間且朝著同一個方向『服從』，時間一長就會得出這世上終究有某個東西是值得一活的結論，例如美德、藝術、音樂、舞蹈、理性、精神，某個昇華、某個細緻、瘋狂或神聖的事物。」在此，他彰顯的是超凡偉大的倫理道德規範，卻也同時為荒謬之人指出一條道路。臣服於熱情之火焰，是最容易卻也最困難的事；不過，人在面對困難時衡量自己、偶爾審視自己，是件好事。只有他可以審判評斷自己。「祈禱」，亞蘭[59]說，「是在夜幕襲上思想之時。」神祕主義者和研究存在的思想家們回答：「但心靈必須遭遇夜晚」。誠然如此，但絕不是只因為人想閉上眼睛而遭遇的夜——心靈為了迷失自己而召喚來的那黑暗、封閉的夜。就算必須遭遇夜晚的話，寧可是清明的絕望，如極地之夜，精神保持清醒，或許會在夜裡升起純白無瑕之光，以智慧的光芒照亮所有物體。到了這個階段，一切事物都等量齊觀，都可以被熱情的心理解。因此我們甚至不必再去評斷存在的思想跳躍，它只不過是千年以來人類行為態度的萬象之一，回到古老的人類壁畫的位置。對意識清晰的旁觀者而言，這個思想跳耀還是荒謬的，它還以為解決了矛盾，其實是完整重現了矛盾。以這一點來看，跳躍自有感動人心之處。以這一點來看，一切都各就各位，荒謬的世界在其偉大和繽紛中重生。

58 重要的是連貫的一致性。我們的出發點是同意、接受這個世界。然而東方思想顯示人們也可以選擇由「反對世界」為出發點，進行同樣的邏輯推論。這樣的想法也有它的道理，並標舉出本文的觀點和侷限。然而，當否定世界的想法以同樣的火力進行時，經常會得出對人所做的行動漠然的結果〈例如某些吠陀學派〉。就這一點，尚．格里尼耶（Jean Grenier）在他那本重要著作《選擇》（*Le choix*）裡，以這種方式創立了一個真正的「漠然哲學」。原註。

59 亞蘭（Alain, 1868–1951），法國哲學家，理性主義、個人主義者。譯註。

然而，停頓下來是不好的。滿足於唯一一種觀點、去除了矛盾（這或許是所有精神形式中最細緻的）是件困難的事。之前所寫的只不過是一種思考方式，接下來，是該要實際行動了。

荒謬之人

L'Homme Absurde

倘若史塔夫羅金相信神的話，他不會相信他相信神。
倘若他不相信神的話，也不會相信他不相信神。

——《附魔者》[60]

歌德[61]說：「我的領域，是時間。」這就是一句荒謬之言。荒謬之人到底是什麼呢？是那個不否定永恆，卻也不為它做任何事的人。他並不是不知道永恆神性，但他寧可相信自己的勇氣和理智。勇氣教他在沒有信仰的情況下，只憑著他所有的活著，理智告訴他，他的界限在哪裡。他深知自由有其極限，反抗沒有明天，意識是會消亡的，但他在這一生的時間裡繼續冒險前行。那就是他的領域，在這領域裡，他的行動只憑自己的判斷，不接

60《附魔者》（*Les Possédés*）是杜斯妥也夫斯基的小說，描寫俄國在亞歷山大二世時代瀰漫著無神論，高喊理性的「群魔」大舉發展左翼革命。小說主人翁之一史塔夫羅金經常與朋友討論相信或不相信神的議題。譯註。

61 歌德（Johann Wolfgang von Goethe, 1749–1832），德國戲劇家、詩人，《浮士德》（*Faust*）作者。譯註。

受其他任何評斷。對他來說，一個更寬廣的生命代表的不是彼生，因為那是欺妄。我這裡所說的，甚至不是人們稱為「來世」的那個微不足道的永恆。羅蘭夫人曾仰賴來世[62]，這輕率的舉動得到了教訓。後來的世代經常提起羅蘭夫人的字句，卻忘了幫她平反。後來的世代對羅蘭夫人漠不關心。

這裡絕不是要談論道德。我見過滿口仁義道德的人為非作歹，我一日復一日發現誠實並不需要法則來規範。荒謬之人承認的道德只有一個，那就是自發性的道德。這與上帝並不分歧，但他活在上帝之外。至於其他種種道德（我也指非道德主義），荒謬之人從其中看見的只是辯解和證明，然而他沒有任何需要辯解或證明的。我這裡的出發點是，他是純真無辜的。[63]

這個無辜是危險的。「一切都是許可的」，伊凡．卡拉馬助夫[64]如此吶喊。這也透露出荒謬，但前提是不要粗糙地解釋他這句話。我不確定人們是否注意到：這不是一聲解脫或喜悅的吶喊，而是一個苦澀的領悟。上帝會賦予生命意義的確然，與濫用權力卻不受懲罰，前者更加有吸引力。但是根本沒有選擇，因此苦澀產生了[65]。荒謬不會帶來解脫，它束縛。它不允許所有的行為。「一切都是許可的」並不意味什麼都不禁止，荒謬只是顯露每一個行為的後果將會是什麼模樣。它不標榜罪行，那就太幼稚了，但它彰顯犯了罪行之後再悔恨也無用。同樣的，倘若人類各種經驗與行為都沒有差別的話，盡責的觀念也等同其他觀念，同樣有價值，那麼人們也可能誤打誤撞而行善。

一切的道德都奠基於這個觀念：每個行為都會引來證明它或消泯它的結果。荒謬之人認為，只該從容冷靜看待這個行為引來的結果，應付的代價就要付。換句話說，所有的行

62 羅蘭夫人（Madame Roland, 1754–1793），法國大革命時期，她的父親與丈夫都是吉倫特黨領導人士，雅各賓黨對吉倫特黨人大清剿時，將她送上斷頭台。她在監禁期間，著有回憶錄請後代子孫公斷。譯註。

63 意指荒謬之人既不信上帝，所以不帶原罪。譯註。

64 杜斯妥也夫斯基所著《卡拉馬助夫兄弟們》中，伊凡．卡拉馬助夫說到，既然上帝不存在，沒有了永生，也就沒有獎賞和懲罰，沒有善與惡，那「一切都是許可的」。譯註。

65 當時俄國的集權暴政下，選擇相信上帝自會帶來公理與生命意義是簡單而輕鬆的選擇。但對荒謬之人來說，上帝不存在，因此，沒有選擇。譯註。

為都有其負責任者，而非有罪者。至多只是人以之前累積的經驗作為未來行動的基礎。時間造就未來，生命造就繼起之生命。在這個雖侷限卻又充滿可能性的時間領域裡，除了他的清晰意志之外，一切都不可預測。那麼，在這不遵從理性的秩序裡，能產生什麼規則呢？荒謬之人從中學到的唯一的真實是非表面形式的，這真實地在人內心活躍進行。他的推論最終尋求的不是道德規範，而是人類生活的呈現與活力。以下提到的幾個人物形象就是人類生活的呈現與活力，他們以鮮活的姿態及熱忱推動著荒謬推論。

我還需要多做說明嗎？舉例說明並不代表其可當為表率（在荒謬世界裡尤其如此），舉這些人物只是呈現樣貌，並不是當作典範。除非刻意，若是研讀盧梭只得出要四隻腳爬[66]、讀尼采只得出要虐待母親[67]的結論，和他們的思想內涵比較起來，就真是荒唐可笑了。「人要荒謬」，一位現代作家寫道：「但不要愚蠢。」這裡所舉出的態度，是要同時思考到其中的矛盾衝突，才能顯示出全面意義。倘若一個郵局小職員和一介征服者兩者擁有相同的意識，那他們就是等同的。以這個觀點來看，所有的人類經驗都並無分別，有的對人類有用，有的沒用。人若有意識，經驗就會有用，反之，經驗毫無用處：人的失敗並不能用來評斷外在環境，只能評斷他自己。

我選擇的人物形象，都是努力極盡自己，或是我認為他們極盡自己的人。如此而已。目前我想談的只是一個思考與生命都沒有未來的世界。一切使人付出心力、騷動的事都會運用到希望。唯一真誠不說謊的思想，就是不講求效果的思想。在荒謬的世界中，一個觀念或一個生命的價值，是以它的「不具目的性」來衡量的。

---

66 盧梭（Jean-Jacques Rousseau, 1712–1778）認為人在自然狀態中是自由平等的，不認為科學藝術能夠改善人性、敦風化俗，人應回歸自然。就這一點，啟蒙運動泰斗伏爾泰（Voltaire）曾在給盧梭的信中諷刺他：「看了您的書，我禁不住想用四腳爬了。」譯註。

67 尼采後期精神病嚴重，對母親經常態度惡劣，歇斯底里地大吼大叫。譯註。

唐璜[68]主義

倘若愛就夠了，那事情就太簡單了。愈是愛，荒謬就愈堅固。唐璜並非缺少愛，所以才一個女人換一個女人；把他視作追尋完美愛情的花癡，簡直荒唐可笑。那是因為他每次愛，都全心全意，掏出同樣的真心和認真。每個女人也都希望帶給他之前沒有人給過他的東西，但每次她們都錯得離譜，那只會讓他覺得需要再次去追求。「終究，」她們其中一個喊道：「我給了你愛情。」我們難道會吃驚唐璜的嘲笑嗎：「終究？不，只不過是又一次。」為什麼要愛的次數少，才會愛得比較深呢？

*

68 唐璜（Don Juan），西班牙傳說貴族人物，英俊瀟灑又風流，周旋無數女人之間。莫里哀、拜倫、蕭伯納、霍夫曼和莫札特等都曾將唐璜的故事用於文學及音樂創作。譯註。

唐璜悲傷嗎？看來不是。只消回想一下傳說，他的大笑、他肆無忌憚的征服、愈戰愈勇和戲劇性，都是明朗愉快的。所有身心健全的人都會想八面玲瓏、如有分身，唐璜亦如是。更何況，人悲傷有兩個原因，要不就是因為被蒙在鼓裡不知道，要不就是因為希望。但是，唐璜他知道，而且不抱希望。他讓我們想到那些知道自己極限的藝術家，他們不會超過這個界限，遊走在這個不穩定的極限邊緣裡，展現大師主宰的從容自得。這就是天才：知道界線在那裡的智慧。直到肉體死亡的界線之前，唐璜都不識悲傷。當他知道死亡將至時，一聲大笑，一切都已釋懷。當他還抱有希望時，曾經感到過悲傷，但今日，在那女子唇邊，他又嘗到「知道自己極限」這苦澀又撫慰人心的滋味。苦澀嗎？甚至也不：這是更能凸顯幸福的必要缺憾。

若猜想唐璜是《聖經．傳道書》滋養大的，那可就大錯特錯了。在他眼裡，最虛妄的莫過於彼生。他身體力行這一點，用生命對抗上天。在滿足歡愉中，喪失了欲望，這種無能的人老犯的錯不是他的調調。這調調放在浮士德（Fauste）身上倒是比較確切，他相信上帝，乃至於把自己出賣給魔鬼。對唐璜而言，事情比較簡單。莫里納的「騙子」[69]面對地獄的威脅，總是回答說：「你給我的人生限期還真長！」死後種種都是徒然，對懂得享受生命的人來說，死前那一連串的日子是多麼長啊！浮士德渴求這世界的善美：可憐的他，只消伸手去拿啊！不知享受生命，就已經出賣了靈魂。相反的，唐璜要的是滿足；他若離開一個女人，絕不是因為對她不再有欲望──美麗的女人永遠令人渴望──而是他渴望另一個女人，不，這不是同一回事。

這人生充實圓滿，他一點也不想失去它。這個瘋狂的傢伙是個大智者。然而，倚賴希望而活的人們不太能適應他這個世界，在他的世界裡，慷慨取代了仁善，剛強的沉默取代了溫柔，孤獨的勇氣取代了群聚一致。所有人都說：「他是個弱者、一個理想主義者，或是一個聖人。」人總想壓低會使自己相形見絀的偉大。

＊

69 史上最初期的唐璜故事書寫紀錄是莫里納（Tirso de Molina）所撰寫的《塞爾維亞的騙子與石像客人》（*El burlador de Sevilla y convidado de piedra*），出版年代可能是一六二〇至一六二五年之間。莫里納的「騙子」指的是唐璜。譯註。

人們憤慨（或是讚賞他的人反而讓他發出降格的會心一笑）唐璜的論調，他用來對待所有女人那些相同的招數話語，這憤慨其實莫名其妙。對一個尋求「大量」歡愉的人而言，唯一重要的是效率。招數話語既然有效，幹嘛費事更換呢。反正，當事人男女都不會注意聽內容，聽的是說話的聲調語音。這些招數是規則、慣例、殷勤禮貌。招數使出，接下來才是最重要的。唐璜已蓄勢待發，他何需考慮到道德問題呢？又不像密若許筆下的馬拿哈[70]，為了成為聖人而自願下地獄。對他而言，地獄是人自找的。面對神的怒火，他只有一個回答，那就是人的榮譽：「我有榮譽感，」他對騎士團長[71]說，「我會遵守諾言，因為我是騎士。」但是，若把唐璜視為一個沒有道德的人，也是大錯特錯。就這一點，他「跟所有人一樣」，對自己喜好或厭惡的有一支道德的尺。我們要了解唐璜，就必須姑且把他象徵的形象當作參考：一個尋常的誘惑者，一個花花公子。他是個尋常的誘惑者[72]，唯一的差別是他意識到這一點。就是有意識，因此他是荒謬的。一個清楚知道自己在做什麼的誘惑者，並不改變是個誘惑者的事實。誘惑是他的常態。只有在小說裡，人們才會改變常態或是變得更好。但我們也可以說，在什麼都沒改變的同時，一切都改變了。唐璜的行動是一種「量」的行為指標，與追求「質」的行為指標的聖人相反。不相信事物的深層意義，正是荒謬之人的特色。這些熱情或驚嘆的面孔，他一一看過、記住、然後銷毀。時間與他並行。荒謬之人是與時俱進之人。唐璜從沒想過「蒐集」女人，他汲盡她們的數量，同時汲盡生命中的機會。蒐集，意味著能夠與過往共存，然而他拒絕一切後悔，後悔也是希望的另一種形式。他不會凝視曾經有過的女人的畫像。

那麼，他自私嗎？以他使用的手段來看，當然是。但這裡也是，要先知道自私的定義。世間有人為活而生，有人為愛而生，唐璜起碼很清楚自己。他能選擇，所以選擇了捷

---

70 密若許（Oscar Vladislas de Lubicz Milosz, 1877–1939）在一九一二年出版了《米蓋爾．馬拿哈》（*Miguel Mañara*）一劇，該劇以歷史上的西班牙貴族馬拿哈為主角，馬拿哈一直以來被文評家視為唐璜的原型，馬拿哈最後大澈大悟，放棄塵世，走上上帝的道路，成為僧侶。後被改編為歌劇，叫做《馬拿哈的唐璜》（*Don Juan de Mañara*）。譯註。

71 莫里哀所著的《唐璜》中，唐璜對著騎士團長女兒唱歌求愛，不巧被團長撞見，兩人打了起來，失手將他殺死。譯註。

72 以「誘惑者」這個詞全部的含義，連同它代表的缺點。一個正常的態度本就「也」包含著缺點。原註。

徑，因為我們此處所說的愛點綴著永恆的虛幻。所有的愛情專家都告訴我們，只有受阻、挫折的愛才會永恆，沒有掙扎就沒有激情。像這種愛情，只在最後的阻礙——死亡——時才會結束。要嘛像維特[73]，否則就不叫愛。說到為愛自殺，也有好幾種方式，其中一種就是全部付出，直到忘了自己。唐璜和所有人一樣，知道這很感人；但他是少數知道重要的不是這個的人。他還知道：為了偉大的愛放棄個人生活的人，或許自己覺得富足，但絕對會讓他們愛的對象窒息貧乏。一個母親、一個熱情的妻子，必定有顆封閉的心，因為這顆心不再對世界展開。只面對一個情感、一個人、一個面孔，其他一切都被吞噬了。撼動唐璜的愛，是另一種，是解放式的愛。這個愛擁有全世界所有的面孔，因為知道會消失而更令人悸動。要嘛像維特，否則就不叫愛，唐璜選擇了後者。

對他來說，重要的是看清楚。我們所稱的「愛」，是以一種集體的觀點來描述連結我們和某些人的關係，而這個觀點大都來自書籍或傳奇。但我對愛的體認，是把我和某個人連結在一起的這欲望、柔情、智慧的混合，碰到另外一個人，則是另一種混合。我無權以「愛」這個名稱來包含所有的經驗，也因此避免了一直重複相同的步驟。荒謬之人既然無法統一各種愛的方法，就只有多加嘗試，他由此發現一個新的解放自己的方式，也同時解放親近他的人。只有知道自己同時是過客也是特殊的，才會有慷慨無私的愛。對唐璜來說，這一次次的死亡和重生，是他生命的花束，這是他付出和不讓對方窒息枯萎的方式。是否能說他自私，我留給世人來評斷。

*

走筆至此，我想到那些執意要唐璜受到懲罰的人。不只彼生受罰，連此生裡都要他嘗到苦果。我想到那些關於唐璜老年的寓言、傳奇和笑料。但是面對年老，唐璜早已準備好了。對一個深有意識的人而言，年老以及它預告將會到來的死亡，並不會讓他措手不及。正是因為他有意識，所以並不掩飾他的恐懼。在雅典有座供奉「年老」的神廟，人們會帶

---

73 維特（Werther）是歌德所著小說《少年維特的煩惱》裡的主人翁，因愛情而感傷、自殺。譯註。

孩子去朝聖。對唐璜來說，人們愈是嘲笑，他的形象就愈顯著。他以這個方式拒絕了浪漫主義者加在他身上的形象：這受苦、可憐的唐璜，沒有人想嘲笑。人們憐憫他，或許上天會給他贖罪的機會？不，事情不是這樣。在唐璜眼中的世界，荒唐可笑也包含在內。他認為受到懲罰很正常，這是遊戲規則。全盤接受遊戲規則，這正是他的慷慨。但是他知道自己有理，所以這不是個懲罰。命運，並不是一個懲罰。

這就是他的罪，我們也很輕易明白為何那些上帝的子民要把懲罰加在他身上；他獲致除去所有虛妄幻象的智識，否定一切他們所聲稱、預料的。愛和擁有、征服和汲盡，是他「認識」的方式（《聖經》裡稱肉體之愛為「認識」，不無道理）。他是他們的眼中釘，因為他根本無視他們。一位編年史家記載，真正的「騙子」最後被聖方濟會修士（franciscains）們殺了，他們要「終結唐璜的縱欲和褻瀆，因為他的貴族出身讓他逃離人世懲罰」，之後宣稱他被上天的雷劈死了。沒有人見證這離奇的死亡，但也沒人證明這不是真的。我不知道這是不是真的，我能說的只是，這是合邏輯的。我要特別強調「誕生」這個字眼，玩玩文字遊戲：正是「生」保證了他的無辜純真，也只有「死」他才招致現在已成傳奇的罪孽。

那個騎士團長石像，懲罰膽敢思考的人的熱血與勇氣的那座會移動的冰冷雕像，代表的是什麼意義呢？一切永恆理性、秩序、普世道德的權威，那個憤怒、偉大又怪異的上帝，都總結在這座石像上。那座巨大而無靈魂的石像，象徵的只是唐璜向來否認的一切權威。但是，騎士團長的使命到此為止。人們招來的閃電打雷也可以返回虛妄的天上了。真正的悲劇與他們無關。不，唐璜不是死在石像的手下[74]。我寧願相信那傳說中的浪子，那身心健全男子的狂笑向並不存在的上帝挑釁。我寧願相信唐璜在安娜家等待的那個晚上，團長並沒有來，過了午夜，未受懲罰的唐璜領受到上帝不存在的苦澀。我更願接受他生平故事的另一個結局，他最後隱居到修道院裡終老。這個結局之所以可信，並不僅因為它所含的教誨性質。他哪會向上帝要求什麼庇護呢？而是因為這個結局，代表他這充滿荒謬的

74 故事中唐璜失手殺死的騎士團長變成石頭雕像，應邀到唐璜家晚餐時，伸出手相握，便把唐璜拉進地獄了。譯註。

一生符合邏輯的結果，一個只求眼前享樂的生命嚴厲的結尾。感官享樂到這裡以禁欲作為結束。須知，這可視為同一個剝奪、匱乏的兩個面向。哪有比這更駭人的景況呢：一個被自己肉體背叛的老人，因為未即時死，只好繼續生命這齣戲，等待著生命結束，與他並不崇拜的上帝面對面，侍奉祂猶如他曾侍奉過生命，跪在空虛神像之前，手伸向沉默、他知道並沒有深度的天空。

我想像唐璜在山巔上一座荒涼的西班牙修道院的陋室裡。倘若他注視著什麼，必定不是消逝戀情裡的鬼魂們，而是，或許，透過被太陽曬得滾燙的牆上的縫隙，凝視某個西班牙寂靜的平原，美麗而沒有靈魂的土地，他在那裡找到自己。是的，最後凝住的應該是這個憂鬱又燦爛的影像。最後的結束，人人等待但從不期待的最後結束，其實並不重要。

戲劇

「演戲，」哈姆雷特說，「這就是捕捉國王意識最好的方式。」[75]捕捉這兩個字用得好。因為意識稍縱即逝，或是隱藏退縮。必須在它倏然出現，在它朝自己投去短暫一瞥那難以察覺的一刻，及時抓住。日常生活中，人不喜歡停駐，相反地，所有一切都催促著他。但同時，他感興趣的只有自己，尤其對自己可能成為什麼樣的人感興趣。因此，他喜歡戲劇、看表演，如此多不同的命運展現在他眼前，得以領略詩句中的苦澀但不必親身承受折磨。至少，我們從這裡看到沒有意識的人，繼續汲汲營營奔向不知什麼的希望。荒

75 哈姆雷特的父親丹麥國王被其弟殺死、篡位，並娶了遺孀——也就是哈姆雷特的母親——為新王后。哈姆雷特表面裝瘋賣傻，其實策畫復仇，在宮中藉著戲班演出一國王殺了另一國王的戲，想由國王叔叔的反應來「捕捉國王的意識」，確認國王叔叔是不是真正凶手。譯註。

謬之人開始於表演結束之時，停止讚賞演戲之時，精神才能進駐。潛入所有這些生命，體驗這些生命的多采多姿，就是在「演」它們。我並不是廣泛地說演員都臣服於這個標準，他們都是荒謬之人；而是說演員的命運都是荒謬的命運，足以誘惑吸引一個清醒明智的心靈。必須先掌握這一點，才不會誤解我接下來要說的。

演員凌駕的是稍縱即逝。我們知道，在所有的榮耀之中，演員的榮耀是最短暫的。至少一般人都這麼說。然而，所有的榮耀都是短暫的。從天狼星[76]的觀點來看，歌德的作品在一萬年之後就化為塵土，他的名字也將被遺忘。或許幾個考古學家會挖掘「見證」我們這個時代的遺跡。這個觀點一直都很發人深省。好好省思一番，它將我們的騷動汲營簡化為無所多求那種深沉的高貴。尤其，它將我們的關切引到最確然的、也就是眼下立即的事。在所有的榮耀中，最不虛妄的是目前正在體驗與經歷的榮耀。

演員選擇的是無數的榮耀，是全力投入而且親身體驗的榮耀。在所有終將消逝的一切，演員演繹出最好的結論。一個演員演得成功或不成功，立見真章。一個作家，儘管名不見經傳，總還存著一線希望，或許他的作品將會見證他曾經是怎樣一個人。一個演員呢，最多留下一幀相片而已，任何有關他本身的都不會留下，他的手勢、他的沉默、他身陷愛情時的短促呼吸，都不會流傳給我們。不為人所知就等於不表演，不表演就等於他連同他想詮釋、想使之復生的那些角色都死上一百次。

*

建立在最短暫藝術創作上的榮譽是轉瞬而逝的，這又何奇之有？演員有三個鐘頭時間扮演伊阿古、艾歇斯特、費德爾，或是葛羅斯特[77]，在這短暫的過程裡，他在五十平方

---

76 這裡影射的是伏爾泰在一七五二年出版的哲學寓言故事《小大由之》（*Micromégas*），描述從天狼星來到地球的巨人看待人類行為的觀點。該故事主旨在貶低當時風靡的意象隱喻手法，主張著重觀察與科學經驗。譯註。

77 伊阿古（Iago）是莎士比亞《奧賽羅》（*Othello*）中人物。、艾歇斯特（Alceste）是莫里哀《憤世者》（*Le Misanthrope*）中人物。費德爾（Phèdre）是哈辛同名劇本中人物。葛羅斯特（Glocester）是莎士比亞《李爾王》（*King Lear*）中人物。譯註。

公尺的舞台上詮釋他們的生與死。荒謬從未如此完美、有幅度地被體現過。這些美妙的生命，這些獨一無二且完整的命運，在四面牆、幾個鐘頭時間之內茁長、完成，還有哪一種簡略方式具有如此的啟發性呢？下了舞台之後，塞孟多[78]什麼也不是，兩個鐘頭之後，有人看到他在城裡吃晚餐。或許真是人生如夢吧。但是塞孟多之後，還會有另一個角色出現；被不確定煎熬的主人翁取代憤怒想報仇的人物。演員模仿人物可能的樣子和真正的樣子，就這樣穿越世紀穿越心靈，因而他和另一種荒謬角色異曲同工——旅人。如同旅人一般，他汲盡某些東西，不停歇地奔走。演員是時間裡的旅人，至於那些最好的演員，則是被靈魂圍捕的旅人。倘若「量的行為指標」能找到食糧，那必定是在這奇異的舞台上了。演員從扮演的角色身上獲得什麼益處，這很難說，但是重點不在此。問題只是他會被這些無可取代的生命同化到什麼程度。有時候，他背負著角色，超出了角色誕生的舞台空間和表演時間。這些角色陪伴著他，有時並不那麼輕易能分割。當他拿起杯子時，可能又做出哈姆雷特擎杯的手勢。不，他和他演活了的角色之間的距離，並沒有那麼大。他每日每月詮釋著如此豐富的真實，乃至於他想成為的人與他真正的自我之間已無界線。他呈現了

「顯現」足以塑造存在，並不斷努力地塑造得更好。因為，絕對地扮演、盡可能深入別人的生命，這就是他的藝術。努力到底，他的使命便清晰了：全心全力讓自己成為無，或成為好多個人。創造角色的限制愈窄，所需的才華就愈大。三個鐘頭之後，他就會隨著今日扮演角色的面貌死去。在這三個鐘頭之內，他必須體驗、表達一個特殊的命運。這叫作「失落自己以尋回自己」。在這三個鐘頭裡，他一直走到沒有出路的生命底端，這是台下觀眾要花一生才走完的路。

*

表演時間短暫，演員只能在「顯現」上訓練自己，讓自己愈來愈完善。戲劇的侷限，是心靈活動只能以手勢、以肢體動作來表現——或是透過聲音，它可以跟肢體一樣展現靈

---

78 塞孟多（Sigismond）是西班牙劇作家卡爾德隆（Pedro Calerón de la Barca）於一六三五年出版的《人生如夢》（*La vida es Sueño*）劇中主角。譯註。

魂。這門藝術的規則，就是一切要放大，以實質的演員身體來表現。如果在舞台上，愛也跟我們愛的方式一樣，使用我們心靈那種無法取代的聲音，看也如同我們在真實中的凝視，那我們要說的還是沒有人聽得懂。舞台上，沉默必須讓人聽到，愛必須提高聲音說出，連靜止不動也能吸引目光。肢體語言最重要。「戲劇化」並非人人做得到，而這個被誤解、貶低的詞，其實包含了整個美學和整個道德觀。人的大半生都用在暗示、逃避、緘默，演員卻是異類，他解開桎梏靈魂的魔咒，讓熱情奔放在舞台上。熱情藉著動作手勢暢所欲言，以吶喊來呈現。因此，演員創造組合他的各種角色，讓它們顯現。他刻畫、塑造它們，鑽進它們那想像的形象之下，為這些虛構的人物注入熱血。當然，我說的是偉大的戲劇，那些讓演員有機會以身體來呈現命運的戲劇。例如莎士比亞，在描述人類本能反應的劇作裡，以身體的奔放來帶動表演。肢體語言解釋一切，否則，整齣戲就撐不起來。若李爾王驅逐柯蒂莉亞（Cordelia）和譴責艾德加（Edgar）時，少了因瘋狂而爆發的粗暴肢體語言，就絕對無法完整詮釋這個人物。這整齣悲劇都是在瘋狂因子下進行，劇中人物將靈魂交給了惡魔，受惡魔的狂舞左右。這齣戲裡瘋狂的人不下四個，一是由於他的作用，二是因由命運，其他二者則是因為所受的痛苦[79]：在同樣的瘋狂裡的四具狂亂的身軀，四張難以描述的臉孔。

光是肢體語言也還不夠。面具、古羅馬式綁帶涼鞋、使臉部五官模糊或鮮明的化妝、誇張或簡化的服裝，戲劇這個世界一切以「顯現」、以視覺為主。這一切經由一個荒謬的奇蹟——認知反而來自於肉體。我如果不自己扮演伊阿古，我永遠不會真正了解他，光聽到他是不夠的，要親眼看到才能了解他。演員這個荒謬的人物，表達的是單調，這貫穿所有角色的獨一無二、讓人摸不清、既陌生又熟悉的身影。偉大的戲劇著作也強調這個單調的一致性[80]。這裡，演員本身的衝突出現了：同樣的角色卻又如此多樣，以同一個軀體傳

79《李爾王》一劇中，第一個是瘋癲的弄臣，這是他本來應扮演的角色、作用。第二個是李爾王，因命定而瘋。第三個柯蒂莉亞和和第四個艾德加則因受命運所苦而瘋（針對後兩者，瘋狂指的是椎心的狂亂，而非真的瘋狂）。譯註。

80 我在這裡想到的是莫里哀筆下的艾歇斯特（l'Alceste）。一切都那麼簡單、明顯、粗糙。艾歇斯特面對費蘭特（Philinte），色里梅耶（Célimène）面對艾里亞德（Elianthe），在巨大的荒謬裡，該劇主旨就是闡釋人的個性造成的後果，書中詩句本身，也是「糟糕的詩句」，連格律都不遵守，就像荒謬的特徵。原註。

達如此多的靈魂。然而，這體現的正是荒謬的矛盾，演員什麼都要達到、都要活過，這徒勞的嘗試、這沒有結果的固執。向來衝突的卻在他身上聚合起來，身軀和精神集合緊貼在一起，一再失敗的精神轉向他最忠實的盟友——肉體。哈姆雷特說：「情感與理智調和妥當的人真是幸福呀，他們不是命運女神可以隨意撥弄吹奏的樂器。」

＊

教會怎可能不譴責演員這種行徑呢？它駁斥這門異端橫行的藝術，說它充滿放蕩的情感，一顆自以為是、可恥地拒絕接受命運的心靈，沉溺於各種縱欲。它抨擊演員只注重「當下」，不承認和教義完全相左的波賽頓[81]的勝利。永恆不是遊戲，一個寧可要戲劇而放棄永恆的瘋狂靈魂已失去救贖的機會。介於「到處」和「永遠」之間，沒有妥協的餘地。因此，這被詆毀的職業引起了不成比例的精神爭戰。「重要的不是永恆的生命，」尼采說，「而是永恆的生命力。」尼采選擇的這句話顯現了教會與演員之間的悲劇性對立。

阿德莉亞娜・雷古弗[82]臨終時願意告解、領聖體，卻拒絕發誓棄絕她的職業，因此喪失告解的恩典。這代表什麼呢？代表她寧可反抗上帝，也要維護她內心最熱愛的戲劇。彌留之際，她噙著淚水不肯背棄她所稱為的她的藝術，表現出舞台燈光下她從未達到的偉大。這是她最美，也最難演出的角色。選擇天堂或是忠貞於自己，寧可追求自我的永恆或是委身於上帝而抹去自我，這是一齣必須堅持自己角色的古老悲劇。

那個時代的演員知道自己被教會驅逐。從事演員這個行業，就是選擇了地獄。教會視他們為死敵。有幾位文人為此義憤填膺：「什麼，拒絕莫里哀最後的救贖！」[83]但這是公正的，他死在舞台上，在演員妝下結束全部奉獻給「眾生相」的一生[84]。人們說到莫里哀，

---

81 波賽頓（Portée）是希臘神話中的海神，具有預言和變身的能力。譯註。

82 阿德莉亞娜・雷古弗（Adrienne Lecouvreur, 1692–1730），法國那時代最偉大的戲劇女演員。巴黎聖虛畢斯教區（Saint-Sulpice）拒絕讓她葬在天主教墓園裡。譯註。

83 莫里哀臨終時，告解牧師在他斷氣後才趕到，來不及做臨終告解，死後被葬在專收自殺者和未受洗禮的兒童的聖約瑟（Saint-Joseph）墓園。譯註。

84 莫里哀慘澹經營劇團，經費拮据，所以親身上台演出，一六七三年二月十七日演出《無病呻吟》（*Le Malade imaginaire*），死在舞台上。譯註。

總是說天才可以為所欲為，做什麼都可原諒。但是天才恰恰不求原諒，他拒絕這樣做。

演員早已知道自己會遭到什麼懲罰，然而最後的懲處如此模糊的威脅，相較於生命本身能帶給他的，有什麼重要呢？他體驗並且全盤接受的，是生命。對演員，如同對荒謬之人而言，槁木死灰才是無可彌補的錯誤。沒有生命力的話，沒有任何能夠彌補這些詮釋的臉孔和世代。反正，人總有一死。無疑地，演員儘管能「身在到處」，時間卻拖著他往前，在他身上落下痕跡。

只需一點想像力，便能感受演員的命運代表什麼意義。他在時間進程裡組合、累積他所詮釋的人物，隨著時間學著掌握他們。經歷過愈多不同的人生，便能愈容易與角色分隔。終有一天，他會在舞台上死亡，在真實世界裡死亡。他正是自己所活過的，他看得很清楚。他體會到這一生的經歷，有撕扯人心和不可取代的東西。他現在知道，而且能夠死了。年老的演員自有歸所。

征服

「不，」征服者說，「不要以為我喜歡行動，就必須忘卻思考。正好相反，我能夠完美地定義我所相信的。因為我全心全意地相信，並且以一個堅決確定的眼光正視。提防那些說『這我太清楚，乃至於難以表達』這種話的人。他們若無法表達出來，是因為根本不清楚，或是懶惰以至於只停留在皮毛。

「我沒有太多想法。人到了生命末了，發現他那麼多年來都在尋找唯一的真理，這唯一的真理，只要它夠明確，就足以引領整個生命存在。對我來說，我的確有許多針對『個人』的話要說，但是必須不經修飾，甚至帶著適度的蔑視來說。

「一個人所緘默的比他說出的，表達得更多。有許多事我不會說，但是我堅決相信，所有那些對『個體』下評斷的人，他們的評斷所依據的經驗遠比我們來得少。聰明才智、令人景仰的聰明或許預先感知到那些必須正視的事項，但是我們這個時代，它的廢墟和鮮血如此明顯，讓我們想視而不見都不可能。在一些古老的民族，甚至更現代、就在我們機械世紀之前的民族，或許還可能在社會與個人的利益之間取得平衡，看什麼時機該取捨哪一個為另一個服務。這之所以可能，首先是因為人生在世上，總固執地心存著人生來就是要服侍或被服侍的奇怪心態；這之所以可能，也是因為不管是社會或是個人，都尚未使出各自的看家本領。

「我看過一些良善之人，讚嘆那些誕生於弗朗德[85]血腥戰爭中的荷蘭畫家的傑作，也受到恐怖的三十年戰爭期間西里西亞[86]人的神祕主義者禱詞的感動，在他們驚嘆的眼中，藝術永恆的價值仍殘存在世間的紛紛擾擾之上。然而時代在往前進，今日的畫家已無這種安詳從容；就算他們其實擁有一顆創造者所需的心——我指的是一顆不受干擾的心——也沒有機會善用這顆心，因為所有人、甚至連聖者都被動員，必須行動。這或許是令我感受最深的一點。每一個在戰場壕溝中被拋棄的藝術形式，每一個被鐵血碾碎的筆跡、隱喻或祈禱，就代表永恆敗北了一次。我意識到自己無法和我所生存的時代分割，因而決定和它合成一體。『個體』顯得如此渺小而備受屈辱，這也是我之所以如此注重它的原因。我深知並不存在勝利的行動理念，因此偏好討論失敗的行動理念[87]：它要求完整的心靈，面對失敗或短暫的勝利時都保持同樣的恆常鎮靜。感受到自己與這世界的命運緊密相關的人，文明之間的衝擊確有令人擔憂之處。我感受到這種擔憂，同時也想參與其中。介於歷史與永恆神性之間，我選擇了歷史，因為我喜歡『確然』。歷史至少是確定的，況且，如何能否認歷史這壓迫著我的力量呢？

「人總會遇到必須在凝視沉思或起而行動之間做一個選擇的時刻，這就是『成為一個人』的過程。這種必須選擇的時刻是痛苦的，然而對一顆高傲的心靈來說，沒有中間地帶。不是上帝就是時光，在永恆的十字架或時光的利劍之間，沒有妥協的餘地。這個世界有超越一切紛紛擾擾之上的更高的意義，或是世界就僅是紛紛擾擾，並無其他？人必須

---

85 弗朗德（Flandre），中世紀歐洲弗朗德伯爵領地，涵蓋現今比利時、法國北部、荷蘭。譯註。
86 西里西亞（Silésia），中歐一個地域名稱，現今波蘭、捷克和德國部分領土。譯註。
87 人無法破除荒謬、消滅荒謬，因此面對荒謬，並不存在勝利的行動理念，注定是失敗。譯註。

隨著時光生、隨著時光死，或是人可以為了一個更偉大的生命而逃避時光？我知道可以妥協，可以活在這個世界卻相信永恆，這叫作『承受』，但我痛恨這個字眼，我要全部，否則就什麼都不要。倘若我選擇了行動，請勿就此認定我完全不識凝視沉思。然而凝視沉思無法給我全部，既然我不相信永恆，就和時光結盟吧。我要的不是對永恆的惆悵或苦澀，只是要看清楚。且讓我跟您說，明天您就要被動員，必須行動。對您和對我來說，這都是解放。『個體』什麼也不能，卻也無所不能。個體具有這種令人驚異的行動空間，您應了解我何以既頌讚它卻又壓制它。世界箝制著個體，而我解放了它。我給了它所有權利。」

＊

「征服者知道，行動本身是無用的。唯一有用的行動，是重新改造人與世界。我不會改造人，但必須『像是』要這麼做。因為在鬥爭的道路上，我遭逢的是活生生的血肉之軀。這血肉之軀雖然備受屈辱，卻是我唯一能確定的，我只能倚賴它而活。人是我的祖國[88]，這是何以我選擇這荒謬而無意義的努力、何以我站在對抗這一方的原因。我已經說過，時代也已準備好。直到今日，征服者的偉大向來是地理性的，以他征服的領土大小來衡量。現在『偉大』這個詞的意義不再指征服的將領，這自有道理，因為偉大已轉換陣營，位於抗議與沒有未來的犧牲這一方。這並非人們偏好失敗，如果能勝利當然更好。但是勝利只有一個，就是超越人性的永恆。這是我無法達到的，也是我遭遇到並起而反抗的。革命向來是針對神祇而起，而普羅米修斯[89]則是第一個現代征服者。這是人針對命運的反抗，現代社會因貧窮而起的反抗都只是藉口而已。但是我只能從歷史上的反抗行動去了解這反抗精神，從而加入它。但是請別以為我滿足於此：面對生命本質形而上的衝突矛盾，我堅持的還是我人性景況的衝突矛盾。我將我的清晰洞見置於否定這清晰的事物當

---

88 卡繆的關注只以人為中心，與宗教、政治等其他「國度」無關，因此說「人是我的祖國」。譯註。

89 在古希臘悲劇之父埃斯庫羅斯（Eschyle, 525–456 B.C.）的悲劇中，普羅米修斯（Prométhée）幫人類盜火觸怒宙斯，被鎖在高加索山懸崖上。譯註。

中。我讚頌面對壓迫的人，而我的自由、我的熱情、我的反抗都匯入這清晰洞見和這一次次不成比例的反覆反抗行動當中[90]。

「是的，人是他自己的目的，而且是唯一的目的。若是想成為什麼人，就是在這一生裡去達成。現在我對這一點更加清楚了。征服者有時候會說到戰勝和超越，但他們的意思是『超越自我』。所有人在某些時刻都覺得自己和上帝相等，至少人們是這麼說的；這是來自他在某個瞬間感受到人類精神令人驚訝的崇高偉大。征服者只不過是那些感受到他自己的力量，確信能一直活在這個高度，並且全然意識到這個偉大的人。有人有如此感受的時刻多，有人少，這只是個算術問題。征服者是那些能力最強的人，但是再強也強不過人本身——當人本身發揮全力時。這就是為什麼征服者絕不會放棄人類的考驗，熾烈投入革命的靈魂之中。

「征服者們在革命中看見受傷殘廢的人，但也在革命中發現他們唯一珍愛和讚嘆的價值：人和他的沉默。這是他們的貧乏，也同時是他們的富足。他們唯一的奢侈品，就是人與人之間的關係。如何能不了解到，在這脆弱的世界裡，所有與人性相關的、且僅僅與人性相關的，才擁有最深切的意義呢？激動的臉孔、脆弱的同袍之情、人與人之間如此熱切且純真的友誼，這些是真正的財富，正因為它們會隨著死亡而消逝。在此之間，心靈最能感受到它們的力量與（因死亡而來的）限制，也就是它的有效性。有人說到天賦，我認為這麼說太輕率，比較偏好智慧。人的智慧能夠發揮到令人意想不到的高度。它居高臨下照耀著這片荒漠。它知道自己的效用，並加以發揮。它會隨著肉身死亡，但它知道自己會消亡，這便是它的自由。」

*

「我們當然知道，所有的教會[91]都反對我們。一顆如此強烈的心當然是永恆所無法羈

---

90 卡繆在這裡將形而上的思想反抗與現實的反抗行動做個對比，所謂唯一的勝利是永恆，意指這個勝利是超越時間的，而人永遠無法超越時間，因此注定失敗。人清晰知道這一點，卻不會因而否定反抗，反而一次次嘗試這與時間比起來永遠不成比例的反抗。譯註。

束掌握的，然而所有的教會，不管是神聖的、政治的，都標榜永恆。幸福、勇氣、辛勞所得、正義，都只是教會次要的目的。它們帶來的是一個教義學說，大家必須遵守。但是我根本不在乎這些教義或永恆。所謂的真實，是我所能理解的，我的手能觸摸到的，我無法與之分開的。這就是教會無法倚賴我的原因：一個征服者什麼都不會永遠持續，甚至他的理念。

「無論如何，在這一切之後，是死亡。我們老早就知道這些。我們也知道一切會隨著死亡結束。這也是何以那些遍布歐洲的墓園——它們不停煩擾著我們其中一些人——都很醜陋。人們只美化喜歡的東西，而死亡讓人厭惡、厭煩。死亡也是需要征服的。卡拉拉家族（Carrara）最後一個領主被囚禁在被威尼斯軍隊包圍、被瘟疫屠城的帕多瓦（Padoue），奔走在空無一人的宮殿廳堂之間，呼喚著魔鬼，向他要求死亡。這是一種超越死亡的方式。把死亡自以為獲得榮耀的地方弄得如此醜陋，這也是西方世界特有的勇氣。在反抗者的世界裡，死亡頌揚的是不公不義。死亡是最過度的濫用。

「其他人也沒有和死亡妥協，他們選擇了永恆，宣稱這個塵世是虛幻的。他們的墓園在百花群鳥之間微笑，這影像很適合征服者，讓他清楚看見自己所摒棄的。相反地，他選擇的是黑鐵圈住的墳墓或無名塚。相信永恆的人之中比較良善的，面對能夠接受自己這樣死亡影像的人，有時會突然感受到一股滿含著敬重與憐憫的恐懼。然而，這些人正是從這死亡的影像汲取他們的力量與動機。我們的命運正面對著我們，我們要挑戰的正是它。這並非出於驕傲，而是出於對我們注定沒有結果的生存情況的意識。我們也是，有時也會憐憫自己，這也是我們唯一能接受的憐憫：或許你們無法了解這種感覺，覺得不夠男性氣概。然而，只有我們之中最有膽識的人才會領受這種感覺。擁有清明意識的人我們才稱他為男子漢，我們不要任何不具清明意識的蠻力。」

*

91 「教會」在這裡是廣義的詞，指的是一切以某個不容置疑的至高前提為原則的思想，或許是封閉社會、宗教信仰、極權政治等等。譯註。

再次重申，我舉的這些人物形象並不代表某些道德標準，也不帶任何評斷，只是幾個勾勒的圖像。他們代表的只是某種生命的風格。情人、演員、或冒險旅行家扮演著荒謬；但守貞的人、公務員、或是總統也都同樣能詮釋得很好——只要他們願意的話。只需「知道」，並且什麼都不隱藏地正視。在義大利一些博物館裡，有時會看到一種彩繪小屏幕，教士會拿它擋在死囚臉上，讓他看不見斷頭台。所有形式的「思想跳躍」、匆匆投入神性或永恆、任由日常生活或思想的幻影支配，這些都是遮蔽荒謬的屏幕。然而，也有一些沒有屏幕遮掩的公務員[92]，我要談的正是他們。

我前面選的都是相當極端的人物形象。在這樣極端的層次上，荒謬賦予了他們一種王權。雖然他們是沒有國土的王子，但是他們擁有優勢，那就是他們知道所有的王權都是虛幻的。他們「知道」，這就是他們偉大之處，對他們談論隱藏的不幸或幻滅的灰燼種種，都是無用的。被剝奪了希望，並不表示絕望。塵世的火焰與天堂的芳香有同樣價值。我、或是任何人都無法評斷他們。他們並不試著使自己更完善，而是試著合乎邏輯來活。倘若「智者」這個詞指的是一個以自己所有而活，不奢望自己所沒有的人，那麼他們就是智者。這些智者其中一個，不論是征服者——心靈的征服者、唐璜——知道自己所做為何的唐璜、或是演員——有智慧的演員，都比任何人了解這一點：「就算你把自己那隻溫馴的小綿羊養到完美，也不會獲得在天上或是地上的特權：在最好的情況下，你充其量繼續是那隻可笑的長著角的親愛小綿羊，僅此而已——即使你沒有滿心妄想虛榮，也未因擺出評斷者的態度而引起輿論醜聞。」

無論如何，必須找一些比較人性的面孔形象來闡釋荒謬的推理。運用一點想像力，便能加入更多被時間束縛、被世間放逐的人物形象，他們也知道如何活在一個沒有未來、沒有弱點的世界。那麼，這荒謬而無神祇的世界裡，便會充滿思考清晰、不抱希望之人。我還沒談到那些最荒謬的人物——創作者呢。

92 公務員這裡指的是奉公守法務實過生活的平凡百姓、大眾。譯註。

荒謬的創作

La Création Absurde

哲學與小說

在荒謬這稀薄空氣裡堅挺的生命，若無一個深沉而持續的思想灌注其力量，勢必無法支撐下去。同樣的，支撐他們的僅是一種特殊的忠貞。就如同在最愚蠢的戰爭中，我們也看到過擁有意識的人實踐他們的任務，並不認為有什麼矛盾。重要的是，不逃避任何事物。承受世界的荒謬之際，也因而產生了某種形而上的滿足。征服、演戲、數不清的愛情、荒謬的反抗，這些都是在一場早已知道會失敗的戰役中[93]，人對自己的尊嚴所獻上的敬意。

這只不過是尊重戰鬥的規則。這樣的想法就足以支撐一個心靈：它曾經——現在依

93 與死亡（時間）對抗的戰役，人早已知道會失敗。譯註。

然——支撐著整個文明。我們不否認戰爭，必須與之共存亡。荒謬也是一樣：我們必須與之共存，學習它的教訓、看清它的內涵。就這點來說，最完美演繹荒謬的喜悅的，就是創作。「只有藝術，別無其他，」尼采說，「藝術讓我們免於死於真理之下。」

在我藉由多種形式試著描繪、想讓大家體會的過程之中，確實，當一個苦惱消失了，就冒出另外一個。不論幼稚的試圖遺忘、或是拚命尋求滿足，現在都已無法得到回聲。然而，在同時，人與世界之間持續的對峙張力、迫使人對一切逆來順受的瘋狂指令，都會讓人興起另一種狂熱。在這樣的世界裡，作品變成了唯一能讓人保持意識清醒並凝固生命經歷的機會。創作，就是活兩次。普魯斯特探索且焦慮的追憶，他巨細靡遺地對花朵、地毯、苦惱的羅列描繪，意義就在此。這個追尋和演員、征服者、以及所有荒謬之人，持續一輩子日復一日從事的不受人重視的創作，同樣沒有結果。這些人都在模仿、重複、重塑他們的現實。而最終，總是會找到真實的面貌。對一個背離永恆與神祇的人而言，整個存在本身只不過是在荒謬面具下不成比例的模仿。創作，就是一個巨大的模仿。

這些人首先是「知道」，之後便是經歷、擴展、充實他們登上的這座沒有未來的島嶼。但首先是要「知道」。因為，在發現荒謬的同時，時間暫停了，人們在這懸凝的時間裡醞釀、反芻他們未來的熱情。就算不相信福音的人也有他們的橄欖山[94]，在這座橄欖山上，他們也不能夠睡著。對荒謬的人來說，重要的不是去解釋、解決，而是去體驗、描繪。這一切的起點，是從經過清楚思考後，對宗教的漠視[95]開始。

描繪，是荒謬思想最後一個企圖。科學也是這樣，到達矛盾的頂點，就不再提供答案，開始關注、描繪各種現象每一次都不一樣、卻始終新鮮的風貌。人的心靈因而明白，面對世界種種面向而領受到的感動，並非來自於它的深沉意義，而是它的繽紛多樣。解釋是徒然的，感受卻會留存，隨著感受而來的，是這汲取不盡的世界不斷的召喚。也由此，我們明白了藝術作品的重要。

藝術作品同時顯現了人生經驗的結束與它的多重衍生。這個世界編排好的各種主題：

94 橄欖山（mont des Oliviers）坐落於耶路撒冷東邊，《新約》中記載耶穌死前曾在橄欖山上祈禱，門徒卻四下睡著了。譯註。

95 對宗教漠視，不是信不信神的問題，而是不將神性或永恆存在放進對荒謬的討論思考之中。譯註。

肉體、神廟門楣上被一再詮釋的那個人像、各種形式或色彩、數目或苦惱……藝術作品就這樣單調卻又充滿熱情地一再重複。因此，在創作者幻妙且幼稚的世界中發現與本文裡的幾個重要議題，並非沒有蛛絲馬跡可循。然而，倘若在這其中看見某種象徵，以為藝術作品最終可作為荒謬的庇護之地，那可就錯了。藝術作品本身就是一個荒謬的現象，重要的只是它描繪的。它並不會替心靈找到出口，反而相反，它是人思考中不斷碰撞的那個苦痛的徵象。儘管如此，它卻也是讓心靈第一次踏出自身，面對一切，這並非是要讓心靈迷失其間，而是為了向它清楚指點出所有人都已踏上的這條沒有出口的路。在荒謬的推理過程中，緊接著對宗教的漠然與發現荒謬而來的，便是創作。創作標示著荒謬熱情的開端，與荒謬理性推理結束的那個分隔點。這也就是為什麼「創作」這個主題在本書中佔有一席之地的原因。

我們只需揭示創作者與思考者所關注的幾個共通問題，便可看出藝術作品中蘊合了荒謬思考中的所有矛盾。其實，讓創作者與思考者緊密相連的，並非他們得出了相同的結論，而是他們感受到了相同的矛盾。思想與創作的關聯亦如是。不消我多說，促使思想與創作的，是同一個苦惱，這是二者開始的共同點。然而，所有始自荒謬的思想，鮮少有堅持下去的。也正因為有的偏離、有的不忠，我更能看出哪些才是真正只屬於荒謬的思想。在此同時，我必須自問：荒謬的作品，是可能的嗎？

*

人們一再強調藝術與哲學之間長久以來決然的對立。若要以精確的意義來理解，這當然是錯誤的；若僅是要說這二個範疇各有自己不同的氛圍，這當然沒錯，但是含糊籠統。在這二者之間，唯一可視為對立的，只是哲學家是封閉在自己的思考系統之中，而藝術家則是位於自己的作品之前，但這也只適用於某些次級的藝術和哲學形式。藝術作品與其創作者分離的想法，不僅過時，而且謬誤。人們說，從沒有一個哲學家創立過好幾個思考系統，藝術家卻可以創立多種風格；但這就好比說沒有任何藝術家可以在不同面目下表達出一個以上的事物，同樣錯誤。藝術凝結片刻間的完美、藝術必須更新，這都是既定的偏見。因為藝術作品也是一個建構過程，大家都知道多少偉大的藝術家是多麼單調、重複。藝術家和思想家一樣，投身在作品裡，在作品中實現自我。這種相互滲透影響，揭示了美學上最重要的問題。更何況，區分方法和對象以便相信心靈只有單一目標，這是最徒勞的作法。人為了理解和愛而追尋的領域，是沒有分界線的。這些領域彼此詮釋，使它們融合的，是一種相同的焦慮。

以上這點需要先弄清楚。一個荒謬作品若可能存在，其中必須有最清晰的思考模式。然而，思考的智識只能引導作品，除此之外，這思考不能現身在作品之中，這個弔詭也是荒謬的一環。藝術作品之所以產生，是對「以理性解釋一切具體現實」的否定，因此藝術作品代表了實體呈現的勝利。清晰的思考激發出藝術作品，但就在創作這作品的同時，思考必須否定自我。藝術作品拒絕強加在自己身上一個更深沉的意義，因為它知道那是不正確的。藝術作品體現了智識的悲劇，但是是以一種間接的方式。創造荒謬作品的藝術家必須意識到這些限制，而且必須知道，這呈現具體的藝術只代表具體，而別無其他。這個藝術不會是生命的目標、意義、或是慰藉。創不創作，不會改變任何事。荒謬的創作者不會和作品依依不捨，他可能會放棄創作，有時也真的放棄了。只消想想阿比西尼亞[96]的例子。

我們在這裡也看到一個美學的規則，那就是，真正的藝術作品永遠是與人性相稱的，它基本上也是「說出的比沒說的少」。藝術家的總體經驗與反映出這個經驗的作品之間，具有一定的關聯，例如《邁斯特的漫遊時期》[97]反映出歌德的成熟閱歷。倘若作品意欲把這總體經驗在絹紙上做個文學性的解釋，那這個關聯就是不圓滿的；倘若作品僅是擷取總體經驗的一段，就像鑽石的一個刻面，蘊含著內在光滑而不自限，這個關聯就是圓滿的。若是前者，作品負荷過重且帶著對永恆的虛妄；若是後者，整體經驗雖未被通盤描述，

---

96 阿比西尼亞（Abyssinie）是衣索比亞的舊稱。法國超現實主義詩人韓波（Arthur Rimbaud, 1854–1891）到了那裡突然中斷創作，做起軍火生意。請參考《反抗者》一書中〈超現實主義與革命〉一章。譯註。

97 《邁斯特的漫遊時期》（*Wilhelm Meister*）是歌德一七九五年出版的小說，記錄主角威廉．邁斯特遊歷各地的所見所聞所思。被視為歐洲「成長小說」的先河。譯註。

其內涵增加了作品的豐富性，讓人隱約感受到其中的深度廣度。荒謬藝術家遭遇到的問題，就是如何獲致這超越「創作技巧」（savoir-faire）的「處世之道」（savoir-vivre）。總之，在這種環境下的偉大藝術家，首先是一個偉大的生活者，明白在這世界上，活著不只是思考，也是體驗。因此，荒謬作品代表了智識的悲劇，代表了對至高思考的駁斥，代表了智識把所有非理性包裝上外表與影像的憤慨。因為世界若是能被解釋得清晰明朗，藝術就沒辦法如此存在。

我這裡所談的並非那些形式或色彩的藝術，那些藝術都被「描繪」這驚人的謙遜所主宰[98]。思考停止時，表達與呈現才能開始。那些古神廟和美術館裡沒有眼珠的青少年雕像，它們的姿態就已經被賦予了哲學。對荒謬之人來說，這個哲學比所有圖書館裡的書都還具有教導意味。而「音樂」這另一個形式，也是如此。倘若有一種藝術不具教導性，那就是音樂了。音樂和數學如此相近，無可避免也借用了數學「無目的性」（gratuité）這個特性。音樂是心靈與自我的呼應，遵循合規則、節拍的一套樂理，展現在我們這個聲音空間裡；然而在這聲音空間之上，回響振動的音波交會在一個超越人性的宇宙裡，再沒有比這個更純粹的感受了。上面這些例子都太過簡單明顯，荒謬之人自然立刻能夠看出，這些音樂和形式確實屬於荒謬的範疇。

但是在我現在要談的作品裡，很難抵抗「解釋」的誘惑，很難避免製造虛妄幻象，也幾乎無法避免要有一個結局：那就是小說創作。我很好奇在小說創作裡，荒謬可能維持嗎？

*

思考，首先就是想要創造出一個世界（或是劃定他自己世界的界限，這二者其實是同樣的意思）。思考發始於人和他的人生經驗之間的根本牴觸，根據他對舊有秩序的惆

---

98 很奇怪，我們看到一些最智識的畫作——那些企圖將現實簡化為一些基本元素的畫作，到最後只剩下視覺的愉悅，保存的只是世界的顏色。原註。

悵[99]，想找到一個能夠相容的領域、一個由理性作為框架或可以用類比來理解的世界，讓他得以解決對秩序的渴望與真實生命經驗之間難以承受的分歧。所有的哲學家，哪怕是康德也好[100]，都是一個創造者。哲學家有他的人物、他的象徵、和他特有的分析。他會鋪陳出一個結論。相反地，小說之所以比詩和論述重要的原因（儘管表面上看起來不然），就在於它將藝術更智識化（intellectualisation）了。當然，我們這裡談的主要是偉大的小說。某一種藝術形式的偉大與豐富，經常可由該文類的垃圾數量來衡量。大量的低劣小說不該讓人忽略那些好小說的崇高。那些好小說恰恰乘載著它們各自的世界。小說有它的邏輯、推理、直覺與基本假設，它也必須清楚明白[101]。

我上面所說的藝術與哲學之間的傳統對立，在小說這個範疇更無法成立。在某個哲學學說與它的創立者很容易分隔開的時代，這個對立是存在的。但在今日，思想已不再自認為能夠放眼天下皆然，最佳的思想史是經過不斷修改、不斷推翻自己原來的說法。我們因而明白，一個有價值的思想體系無法與它的創立者分離。《倫理學》[102]一書，從某個觀點來看，不過是一段漫長而嚴謹的告白。抽象的思想終於與支撐它的肉體結合。同樣地，小說創作中的實體（人物、背景）與表達的熱情，也是根據作者對這世界的看法而進行。小說不再是「說故事」，而是創造一個屬於它的世界。偉大的小說家都是哲學性的小說家，意即與「主題式」的作家相反。若僅舉出幾個偉大小說家的話，我會想到巴爾札克

---

99 「舊有秩序」指的是古人以神性或哲學理論解釋世界之生成與世間萬物現象，把世界界定出一個秩序、一個解釋；然而荒謬之人的生命經驗卻與推翻了這秩序、這解釋，他惆悵舊有秩序被顛覆了，卻又不能閉著眼睛再繼續相信這個秩序和解釋。這是卡繆在本書中幾度使用nostalgie（鄉愁、惆悵）這個字的含義。譯註。

100 就連康德如此抽象理論的哲學家，在卡繆眼裡依然是個創造者。譯註。

101 想想，這也可拿來解釋那些低劣小說。幾乎所有人都自認有思考能力，就某種程度來說，不論容易與否，也幾乎所有人的確都在思考。相反地，絕少人能想像自己是詩人或作家。但是一旦思想超越文體風格的那一刻起，人人都爭先恐後寫起小說來了。這倒也不是人們所說的大罪惡。好的小說家對自己的要求因而也就更多，那些被淘汰的本就不值得存留。原註。

102 《倫理學》（*L'Ethique*）是荷蘭哲學家史賓諾沙（Spinoza, 1632–1677）最重要一本哲學著作。在他過世後才出版。譯註。

（Balzac）、薩德（Sade）、梅爾維爾（Melville）、司湯達爾（Stendhal）、杜斯妥也夫斯基（Dostoïevski）、普魯斯特、馬爾侯[103]、卡夫卡（Kafka）等人。

然而，他們這些偉大作家選擇了以意象、而非以邏輯推論來寫作，揭示了他們有一個共通思想，他們確信一切解釋的原則都是無用的，堅信能觸及人心的表象自然能傳達作者想傳達的信息。他們將作品既視為一個結束，又是個開端。作品經常是一個未發表的哲學思考的成果，它闡明了這個思想、圓滿完成了這個思想。然而，這個作品若沒有背後這個哲學思想的底子支撐，也無法完整。它因而證實了這古老的主題：不足的思想遠離生命，再多一點思想，便又返回了生命。思想無法使現實昇華，只能藉著小說來模仿現實。偉大的小說便是這認知的工具，雖不甚完整卻又汲取不盡，和愛情如此相似。針對愛情，小說創作開創了完美開端，對之反覆深思熟慮，永不枯竭。

*

一開始，這是我認為的小說價值；然而我在「被蔑視的思想」那些思想家的身上也曾看到這些價值，隨後觀察到他們的哲學性自殺[104]。我想做的，就是正視、描述將前述兩者牽引到「幻象」這條共同道路上的那股力量。因此我之前用的方法也能在這裡用上，既然已經使用過，就能讓我縮減推論的過程，直接以下一章特定的例子來簡述。我想探討的是，倘若人接受了沒有永恆神性（神並不存在）而活著，是否也能接受沒有永恆神性而創作，又是經由哪一條路獲致這種解脫的自由呢？我要我的世界擺脫那些永恆的鬼魅，只讓我無法否定的有血有肉的真實側身其中。我能夠選擇某種創作態度，創作一部荒謬作品；但是荒謬態度若要維持不變，就必須意識到它的「無目的性」，荒謬作品亦是如此。倘若作品未遵守荒謬的戒律，未闡明分歧與反抗，迎合了虛妄幻象、激起了希望，那就不再是

---

103 馬爾侯（André Malraux, 1901–1976），法國著名作家，曾任戴高樂時代文化部長，最著名作品為《人類的命運》（*La Condition humaine*）。譯註。

104 請參考前面〈哲學性的自殺〉一章。譯註。

無目的性了。我將再也無法超脫這作品。我的生命或許會在其中找到一個意義，然而這是枝微末節。重要的是，這作品再也不是見證人生的燦爛與無用的一個超脫與熱情的過程。

最難以抵抗「解釋」誘惑的小說創作，有可能克服這個誘惑嗎？在小說虛構的世界裡，對真實世界的意識才是最強烈的，我能夠忠於荒謬，不迎合「想下結論」的這個誘惑嗎？在最後的努力中，還有這麼多問題要面對。我們已經知道這些問題代表的是什麼，那就是意識最後的猶豫，擔憂在最初困難的認知之後，最後還是放棄，屈服於虛妄的幻象。這一點適用於創作——創作被視為意識到荒謬的人可能採取的態度之一——，也同時適用於荒謬之人在生命裡採取的其他所有態度。征服者或演員，創造者或唐璜，都有可能忘記，他們若不意識到生活的荒謬性，便不能繼續這樣活下去。人們如此容易習慣。大家想賺錢過更快樂的日子，因此所有努力、生命裡最精華的部分都花在賺錢上，結果幸福被遺忘了，手段變成了目的。同樣的道理，征服者所有的精力都偏離到征服的野心上，而這野心只不過是追求更遠大的生命；唐璜也可能接受自己的命運，滿足於這個存在，忘卻了他這個存在的偉大僅只因反抗。前者忘記了荒謬意識，後者忘記了反抗，在這兩個例子中，荒謬都已經從中消失。人的心中抱著頑強的希望，連最看透、最不懷希望的人有時最終還是接受了虛妄幻象。為了尋求安寧而接受，與對存在的妥協可說異曲同工，人們追求的東西有些是像光明神祇般的高尚，也有些則像爛泥偶像般的低階滿足。但是我們想找到的，是通往人的種種面目的中間之道。

直到這裡，我們都是從荒謬的失敗中，更進一步得知荒謬到底是什麼。以同樣的方法，我們只需觀察到小說創作和某些哲學有相同的晦暗不明之處，便警覺到荒謬的失敗。我選擇一本著作來闡釋這一點，一本集合了標示荒謬的意識一切元素的著作，起點明確清晰、風格氛圍清楚明白，它最後的結果將告訴我們一切。如果沒有遵守荒謬，我們將會知道虛妄幻象是由哪個途徑鑽進來的。選擇一個特定的例子、一個主題、一個創造者專心鑽研的議題，便已足夠。使用的分析方法是我們之前詳細鋪陳、使用過的分析方法。

105 例如馬爾羅的作品。然而那就必須同時探討社會問題，其實荒謬思想不能避免社會問題（況且荒謬思想能對之提出許多不同的解決之道）。如此一來，那涉及面就太雜太廣，必須有所取捨。原註。

我將探討杜斯妥也夫斯基最心愛的一個主題。我當然也可以研究其他作品[105]，但是我選擇的這部作品直接觸及荒謬這個問題，以崇高和充滿情感的意義去詮釋，猶如我們之前探討存在思想所抱持的態度。這二者之間的相似處，便是我選擇他這部作品的原因。

基里洛夫

杜斯妥也夫斯基小說中所有的人物都在探尋生命的意義。就因如此，他們是現代的人：他們不怕被視為無稽可笑。現代與古典探討重點的差別，在於前者是形而上的，後者是道德的。在杜斯妥也夫斯基小說中，問題如此強烈地提出，只能以極端的回答來解決。這個問題就是：存在到底是謊言，抑或存在是永恆的？倘若杜斯妥也夫斯基僅滿足於探究這個問題，那他會是個哲學家；但他闡明這些心靈糾葛如何在一個人的生命裡造成各種結果，因此他是個藝術家。在這各種結果裡，他最在意的是最後一個結果，也就是他自己在《作家日記》[106]裡所稱的「邏輯的自殺」。在期刊一八七六年十二月的內容中，他鋪陳了「邏

106 《作家日記》（*Journal d'un Ecrivain*, 1873–1881）是杜斯妥也夫斯基為《公民報》期刊寫的專欄，後改為每月以單行本形式出版，內容為對重大時事的觀感、文學評論、雜文隨筆。譯註。

輯的自殺」的推論。這個絕望的人確信，對不信仰永恆的人來說，存在本身就是徹底地荒謬，因而做出以下結論：

「對於我所提出的關於幸福的問題，經由我的意識獲得的答案是，除非融入這個和諧的大整體，否則我不可能幸福，但是這個大整體我無法想像、也不可能得知它是什麼。所以很顯然……」

「既然在這種情況下，我扮演的既是申告者也是答辯人，既是原告也是法官，況且我認為被迫參加的人性這齣戲實在愚蠢至極，甚至覺得我接受演出，是件羞恥的事……」

「鑑於我不容置疑的申告者兼答辯人、原告兼法官的身分，我給這恬不知恥、讓我生下來就注定受苦的人性定罪——我宣判它隨著我一起死亡。」

這個態度還隱含一絲幽默感。這自殺者之所以自殺，是因為在形而上的層面上，他被激怒了。在某種意義上，他在報復。這是他證明「我不會就範」的方式。在《附魔者》一書中，「邏輯的自殺」的擁護者基里洛夫這個主角人物，更豐富體現了這個主題。工程師基里洛夫一度提到他要了結自己的生命，因為「這是他的想法」。這裡顯然要以字面的意思來解讀：他要尋死，是為了一個想法、一個思想。這是超越性的自殺。漸漸地，隨著一幕幕推進，基里洛夫的面具逐漸明朗，也揭開驅策著他就死的思想。其實，基里洛夫重拾《作家日記》裡的推論。他感受到上帝是必要的，上帝必須存在；卻又知道上帝不存在、也不能存在。他吶喊：「你怎能不了解，這就是自殺的一個充分理由呢？」這個態度也在他身上導致了荒謬的結果，例如他毫不在意的讓自己的死被無端利用[107]。「我昨夜已決定了，這對我都無所謂了。」他在混合著反抗和自由的情緒中，準備著最後的自殺舉動。「我自殺是為了證實我的反抗——我嶄新且駭人的自由。」這裡牽涉的不再是報復，而是反抗。因此，基里洛夫是個荒謬人物——只除了關鍵的一點：他自殺[108]。但是他自己也解

107 書中描述基里洛夫的一個朋友殺了人，卻要他簽一份自白書，把殺人的罪行嫁禍於他，反正他要死了，死無對證。譯註。

108 本書第一章卡繆就開宗明義認為荒謬不會導致自殺，甚至與自殺相衝突。因此基里洛夫是個荒謬人物，只除了關鍵的一點，就是他自殺了。譯註。

釋了這個矛盾，並同時揭示了荒謬最純粹的祕密。的確，他在自己的自殺邏輯上加上了一個不尋常的野心，全然加深了他這個角色的深度：他要自殺，以便成為神。

其中的推論相當清楚：倘若神不存在，基里洛夫就是神；倘若神不存在，基里洛夫就必須自殺。因此，基里洛夫必須自殺，才能成為神。這個邏輯是荒謬的，卻也是必需的。在這其中，有趣的一點是賦予這個被拉到塵世來的神性一個意義。它闡明了自殺這個「如果神不存在的話，我就是神」的前提，但是這前提仍然有點隱晦不清。重要的是必須先指出，這個瘋狂揚言要自殺的基里洛夫確確實實是屬於這塵世的人。他每天早上做體操來維持身體健康，他因為夏托夫（Chatov）與妻子重逢而欣喜；在他死後被發現的一張紙上，他畫了自己對「他們」吐舌頭的一張畫。他是個稚氣、充滿怒氣、熱情、有條理、敏感的人。他身上「超人」的性質，只有邏輯和既有的觀念，凡人的性質呢，百分之百全都有。然而他卻好整以暇地談到他的神性。他沒瘋，就算他瘋了，也是創造了他的杜斯妥也夫斯基瘋了。因此我們知道，他這麼做並非狂妄自大，而且，如果只就字面意義去理解他所說的話，是很無稽可笑的事。

透過基里洛夫，我們能更深一步了解。針對史塔夫羅金提出的問題，他明確地回答，他所談的並非神─人（dieu-homme）。人們或許會誤會他這麼說，是為了與耶穌區別開來，但其實，他是把耶穌也包括進來了。基里洛夫還一度想像瀕臨死亡的耶穌發現自己並不在天堂裡，因此覺得自己所受的折磨毫無意義。工程師基里洛夫說：「人性之法則使得耶穌活在謊言裡，也讓他因為謊言而死」。光就這一層意思，耶穌完美呈現了人的悲劇，他體驗了最荒謬的處境，完美演繹了人所遭遇的境遇。他不是神─人，而是人─神（homme-dieu）。我們每個人都可能像耶穌一樣被釘上十字架、被欺騙——其實在某個程度上，我們已然是如此。

因此這裡談的神性，完全是塵世裡的。「我花了三年尋找我神性的性質，」基里洛夫說，「現在我找到了。我的神性的性質，就是我的獨立自主。」我們在此窺見基里洛夫推論的前提——「若神不存在，我就是神」所含的意義。成為神，其實僅意味著在這塵世是自由的，不必服侍一個不朽的神。當然，更重要的，是從這痛苦的獨立得出的所有結論：倘若神存在的話，一切都取決於祂；若神不存在的話，一切都取決於我們自己。如同尼采一般，殺掉神，就是成為神，也就是在這塵世實現《福音書》上所說的永生[109]。

然而，若弒神這個形而上的罪行就足以完成人的實現，何必還要自殺呢？獲得了自由之後，又何以自殺、離開這個世界呢？這豈非矛盾？基里洛夫自然知道，他接著說：「如果你感受到這個自由，你便是沙皇，你不但一點都不想自殺，還會活在榮耀的頂峰。」但是人們都不知道這一點，他們都沒有感受到「這個」。就像普羅米修斯那個時代一樣，人們抱著盲目的希望[110]。他們需要有人為他們指引道路，若沒有宣道說教就無所適從。因此，為了對人類的愛，基里洛夫必須自殺。他必須為世上的手足兄弟們指出這條高尚但艱難的道路。而他也將是第一個走上這條路的人。這是一個教化式的自殺。於是，基里洛夫犧牲了自己。然而，就算他被釘上了十字架，他並沒有被欺騙。他依舊是一個人─神，確信死亡之後不會有什麼未來，悲傷於《福音書》中所說的永生。他說：「我是不幸的，因為我必須去證明我的自由。」但是他的死，讓人們終於豁然明白，人間將充滿著沙皇，人性的榮耀將照耀著大地。基里洛夫自殺的那一聲槍響，將是最後一場革命的信號。促使他自殺的，不是絕望，而是對他人之愛。基里洛夫在血泊中結束了這場難以描述的精神之旅，說了一句如同人類的苦痛一樣古老的話：「一切都很好」。

杜斯妥也夫斯基筆下的自殺主題，的確是個荒謬議題。在更進一步討論之前，我們注意到，基里洛夫又化身為其他故事的主人翁，這些主人翁又涉入新的荒謬主題之中。史塔夫羅金和伊凡．卡拉馬助夫在現實生活中實踐著荒謬的真理。他們就是被基里洛夫的死解放的人，他們試著成為沙皇。史塔夫羅金過著「諷刺」的生活，我們很清楚這代表什麼[111]。他引起周遭人的怨恨。然而，揭示這個人物的關鍵字，卻是他遺書裡所寫的：「我無法厭惡任何東西。」他是個不信神的沙皇。伊凡也是，他拒絕放棄自我心靈無上

109 史塔夫羅金：「你相信另一個世界裡的永生嗎？」基里洛夫：「不，但我相信我們這個世界裡的永生。」原註。

110 人創造神只不過為了免於自殺。這句話可以概括直至目前為止的人類歷史。原註。

111 史塔夫羅金過著荒淫放蕩的生活，是個極端享樂主義者，靈魂與肉體都遠離基督，過著魔鬼般的生活。但另一方面，他又因為這種生活而焦慮，心懷罪惡感。無力自我救贖，只好選擇自殺來消除自己的罪孽。因而作者說這是「諷刺」的生活。譯註。

的權力。對那些以生命去實踐必須貶低自己而信神的人——如同他的弟弟，他或許會回答說，這樣的境況太可恥。他的關鍵字是「一切都是許可的」，這句話帶著些許悲傷。沒錯，伊凡也像最出名的上帝殺手尼采一樣，以發瘋為結局。但這是一個值得冒的險，而面對這些悲劇性的結局，荒謬心靈最根本的觸動，是問：「這證明了什麼？」

*

這些小說，猶如《作家日記》，都提出了荒謬這個問題。它們都奠定了所有的邏輯——直到死亡、狂熱、「駭人」的自由、沙皇的榮耀成為人性。一切都很好，一切都是許可的，沒有任何東西是可憎的：這些是荒謬思想的評斷。然而，這些創作是如此超凡！裡面出現的這些火與冰的人物，令我們覺得如此熟悉！在他們心中轟然作響的那個對宗教漠然、但充滿熱情的世界，我們並不覺得有任何怪異之處。我們在其中看見自己日常生活中的焦慮。無疑地，沒有任何人能像杜斯妥也夫斯基一樣，賦予荒謬世界一個如此貼近人心又如此折磨人的光輝。

然而，杜斯妥也夫斯基的結論是什麼呢？以下兩個引文將顯示他形而上的全然翻轉，導致出不同的啟示。他筆下的「邏輯的自殺者」引發了一些評論家的抨擊，因而，在接下來幾期的《作家日記》裡，杜斯妥也夫斯基詳述了他的立場，並結論道：「倘若永生的忠誠信仰對人是如此不可或缺（乃至於沒有它，人就會自殺），那表示它是人性的正常狀態。既然如此，那麼人類靈魂的永生無疑是存在的。」另一個引文出現在他最後一本小說《卡拉馬助夫兄弟們》（*Les Karamazov*）的最後幾頁，在一場與神驚天動地的糾葛爭戰之後，孩子們問阿遼沙（Aliocha）：「卡拉馬助夫，宗教裡說我們死後會復活、我們死後還會再相見，這是真的嗎？」阿遼沙回答：「當然，我們會再相見，彼此開心地敘述之前經歷的所有的事。」

因此，基里洛夫、史塔夫羅金、伊凡都是戰敗的人。《卡拉馬助夫兄弟們》回應了《附魔者》。這就是結論。阿遼沙的例子不似梅什金公爵[112]那麼曖昧不明，梅什金公爵患著病，只活在當下，帶著微笑與漠然，這或許就是他所說的永生的喜樂狀態。相反地，阿遼沙就說得很清楚：「我們會再相見。」此時，自殺與瘋狂都不需要了，對確信永生與喜樂的人來說，何需自殺或瘋狂呢？人已拿自己的神性交換了幸福。「彼此開心地敘述之前經歷的所有的事。」因此，基里洛夫在俄國某處扣下了扳機，但世界還是抱持著盲目的希望繼續下去。人們並未了解「那個」。

對我們敘說故事的杜斯妥也夫斯基不是個荒謬小說家，而是個討論存在的小說家。在這裡，這個思想跳躍也令人動容，賦予了小說崇高的意義。這是一種感人的贊同，充滿著疑慮、不確定、熱切。杜斯妥也夫斯基談及《卡拉馬助夫兄弟們》時寫道：「這本書裡所有章節所探討的主要問題，正是我整整一生有意識或無意識受其所苦的問題，那就是：神是否存在。」光一本小說就足以將一生的煎熬轉換為確然的喜樂，這委實令人難以相信。一位評論家[113]說得一針見血：杜斯妥也夫斯基有一部分是投射在伊凡這個角色身上——《卡拉馬助夫兄弟們》中承認神存在的幾個章節花了三個月的努力才寫成，而他所謂「褻瀆」的那些章節，卻是在興奮高昂的情況下，三個禮拜就寫成。他筆下所有的人物，沒有一個身上不是插著這根刺，不時騷動這根刺，在放縱感官享樂或尋求喜樂永生之間尋求讓這根刺平息的方法[114]。且讓我們維持著這個疑惑。在這部作品中，明／暗交織比明亮的白晝更加扣人心弦，我們從中看出人與他所希望的兩者之間奮力抗爭。到了最後，作者選擇了對抗他的書中人物。這個衝突矛盾讓我們得以看出其中的細微落差。這不是一部荒謬作品，而是一部提出荒謬問題的作品。

杜斯妥也夫斯基的答案是謙卑，史塔夫羅金的回答是「恥辱」。然而，若真是一部荒謬作品，是不會提供任何答案的，這就是兩者之間根本的差別。最後我們還注意到一點：這部作品中與荒謬背道而馳的，並非是作品中的基督教性質，而是它宣告了來生。我們可以是基督徒同時也是荒謬之人，有許多基督徒並不相信來生。如同我們在前幾頁所說

112 梅什金公爵（prince Muichkine）是杜斯妥也夫斯基另一本小說《白痴》（*L'idiot*）的主角，患有癲癇症。譯註。

113 波里斯．德施洛賽爾（Boris de Schloezer）。原註。

114 紀德（Gide）對此有一個奇特且深入的評論：杜斯妥也夫斯基筆下的主人翁幾乎都是有多個愛情伴侶的。原註。

的，藝術作品或許能夠讓我們掌握分析荒謬的一個方向，它引導出「《福音書》的荒謬」這個問題。藝術作品藉由高潮起伏的情節，闡明信仰並不會阻止對神的懷疑。然而，我們見到《附魔者》的作者儘管熟知這辯證路徑，卻在最後選擇了另一條路。作者對書中人物們的回答令人訝異，杜斯妥也夫斯基對基里洛夫的回答其實可概述如下：存在是個謊言，而且還是永恆的。

沒有明日的創作

鋪陳到這裡，我窺知人不可能永遠逃避希望，甚至愈想擺脫它，它就愈糾纏不去。這正是我先前所討論的那些作品的價值所在。至少在創作這個領域裡，我可以列舉出幾個真正荒謬的作品[115]。但是，一切都有個開始，我們探討的目的，是某種對荒謬的堅持忠貞。教會之所以對異端如此嚴厲，是因為它認為沒有比迷途的孩子更壞的敵人了。然而，放肆的諾斯替教派（gnostique）和持續屹立的摩尼教派（manichén），對壯大正統教義的貢獻，反而比所有的祈禱都來得大。如此一番比較之下，其實荒謬也是如此：看到偏離它的道路，人們才更看清正道。荒謬的推論到了最後，在荒謬邏輯確立的態度之中，依然

115 例如梅爾維爾（Melville）的《白鯨記》（*Moby-Dick*）。原註。

看見「希望」以它感動人心的面目側身其中，這可不是小事。這顯示了荒謬苦行的艱難，尤其顯示了必須不斷維持意識清晰，這又回到了本書的整體大範圍。

現在不是列舉荒謬作品的時候，但我們至少能夠針對創作態度下個結論——創作是少數能夠使荒謬的存在變得完整的態度之一。能讓藝術發光發熱的，莫過於否定的思想。想要了解一個偉大作品的內涵，就必須明白它那難以理解而謙卑的創作過程，猶如黑底襯托出白色。「無所為而為」地辛苦創作、用易碎的黏土雕塑、明知創作的作品沒有明日、看著自己的作品在一天之內就會毀壞，內心深處卻全然意識到這和建造可屹立好幾世紀的建築一樣都不重要，這就是荒謬思想所認可的艱難智慧。同時進行兩項任務：一邊是否定，另一邊是頌讚，這就是荒謬創作者面前的路。他必須給空虛加上色彩。

這推導出一個藝術作品獨特的概念。人們經常認為一個創作者的作品，是一連串各自獨立的見證。那就是混淆了藝術家與蹩腳文人之別。深沉的思想是不斷地生成（devenir），融合一生的經驗，並在一生當中逐步塑造。相同地，一個人獨一無二的創造，在他其他作品不同而多重的面貌下更被鞏固強化。這些作品彼此互補、修正、超越，也很可能互相牴觸。倘若有任何東西讓創作完結，那絕非是被蒙住雙眼的藝術家發出的那聲勝利卻虛幻的吶喊：「我該說的都說了」，而是創作者的死亡，死亡結束了他的人生經驗，闔上了他才華的那本書。

這個努力、這個超人性的意識，讀者不見得會看見。人的創造並沒有任何神祕之處，這奇蹟只是意志創造出來的。然而我們至少可以說，真正的創作必含有其祕密。誠然，作者很可能只是繞著同一個思想創作相近的一系列作品，但我們也可以設想另外一種創作者，是以並行而獨立的方式來創作。他們的作品看起來似乎彼此沒有關聯，甚至某種程度上還相互牴觸。但是整體觀之，就可以看出這些作品之間的設定安排。因此，作品接收到作者本身最明亮的光芒，卻要在作者死亡時才得到最終的意義。在作者死亡的時刻，他一系列的作品只能是一系列的失敗[116]。然而，倘若這些失敗都保有相同的回聲，就代表

116 作為荒謬創作者，創作的作品並不會絲毫改變荒謬這個事實，因而是「失敗」。譯註。

創作者成功地不斷重現自身荒謬的情境，將他掌握的這徒勞的祕密[117]發出回響。

創作的過程中，需要極大「掌握」的努力，但是人性的智慧完全足以勝任。人性智慧顯示出創作中意志的層面。我要再重提之前說過的：人的意志唯一的目的，就是在維持意識。但這是需要紀律的。在所有需要耐心和清醒的門派中，創作是最有效率的一種。創作震撼地呈現人唯一的尊嚴：對人的荒謬處境做的頑強反抗、堅持一種徒勞的努力。創作需要日復一日的努力、自制力、對現實的侷限做出精確判斷、衡量、展現出力量。創作也是一種苦行。而這一切都是「無所為而為」，只是一再重複、原地踏步。或許，偉大的作品真正的重要性並不在作品本身，而是它對創作者所做的考驗，以及它為創作者提供了克服鬼魅幻影、更進一步貼近赤裸裸的現實的機會。

*

請大家不要混淆了我所說的作品文類。我這裡談的絕對不是那些圍繞一個議題耐心解釋、充斥著鋪天蓋地而無用的幻象的文類。倘若我前面解釋得夠清楚的話，大家就會看出我談的正是這類作品的相反。主題性的小說、表態式的作品是最令人厭惡的文類，它們通常是來自於一種自以為是的想法。自以為掌握了真理，要把這真理呈現出來。它其實是要推動某個理念，然而，理念是和思考相反的東西。寫這些作品的創作者是可恥的哲學家，相反地，我上面所談的、我所想像的是清晰的思考者。在思考回復它本身、而非作為任何理念喉舌的時候，這些思考者建立起他們作品的形象，這些形象就是一個受侷限的、終會死亡的、反抗的思想的具體象徵。

這些作品或許證明了一些什麼，但是這些證明，是作者證明了自己，而非去證明別的什麼。重要的是，小說家以具體呈現來戰勝了荒謬，這正是他們偉大之處。親身去具體呈現、乃至於戰勝荒謬之前，他們是以荒謬思想來準備自己，只不過抽象的思想終有其不

117 「祕密」意指創作者保有各自特殊的創作方式，是他個人的祕密，但是作品無法為生命帶來任何建設性，無法改變荒謬之事實，所以是「徒勞」的。譯註。

逮。當他們完全準備好的時候，可以具體呈現出這個思想，此時，創造的荒謬也會被輝煌地表現出來。諷刺的哲學家才能創作出這些熱情洋溢的作品。

任何摒棄一致性的思想，都會頌讚多樣性。多樣性就是藝術發揮的園地。唯一能解放心靈的思想，是讓心靈獨處，讓心靈確定它的限度，並清楚知道它終將死亡。任何教條學說都無法煽動心靈。它等待作品與生命的熟成。一旦作品脫離了創作者，就會再次讓靈魂發出震耳欲聾的聲音，使靈魂永久解脫於希望。抑或是，創作者厭倦了創作，不再繼續這個方向，那作品就不會讓人聽到任何聲音。這兩者其實並無二致。[118]

*

因此，我要求荒謬創作的，一如我對荒謬思想的要求：那就是反抗、自由、多樣性。荒謬創作將會展現它深沉的無用性。在這日復一日的努力之間，智識和熱情相互交織、支持，荒謬之人將會發現一個構成他最大力量的紀律。這努力需要實踐、頑強、清晰，並加上征服者的態度。創造，便是賦予命運某種型態。對所有的書中人物來說，作品界定了他們，他們也界定了作品。戲劇讓我們知道：表象與本質之間，並沒有界線。

讓我們再重複一次，這一切都沒有「真實的」意義。在這條自由的路途上，還有最後一個努力得做：這些相近的心靈——不論是創作者或是征服者——最後的努力，就是要把自己從他們所從事的行動中解放出來，能夠承認自己所成就的行動，不論是征服成果、愛情、或是創作作品，很可能並不存在，因而呈現個體的一生那深沉的無用性。這讓他們在實現創作的時候，更能揮灑自如；窺見到生命的荒謬，能讓他們更狂放地投入生命。

剩下的，就是人終將一死的命運。在這死亡的唯一命運之外，一切——不論是歡樂或是幸福——都是自由。人於是成為這個世界唯一的主人。以前束縛著他的，是對彼世的幻覺。現在他的思想最後的結局，將不再是自我否定，而是以意象讓這思想更加燦爛。思想

---

118 倘若作品讓靈魂發出震耳欲聾的聲音，那聲音就是不再抱持希望；倘若作品不會讓人聽到任何聲音，那也是不抱持希望，因而作者認為這兩者是一樣的。譯註。

優游在神話之中，但這神話只呈現人性痛苦的深度，人性痛苦是汲取不盡的，神話也就源源不絕。這些神話並不是那些解憂又令人盲目的宗教神話，而是我們這個塵世的面貌、姿態、戲劇，集結了一種艱難的智慧與沒有未來的熱情。

薛西弗斯的神話

Le Mythe de Sisyphe

眾神懲罰薛西弗斯，命他不停地推著一塊巨石上山，到了山頂，巨石又因為自身的重量滾落下來。眾神不無道理地認為，再也沒有比徒勞無功、沒有希望的勞動更可怕的懲罰了。

根據荷馬（Homère）所言，薛西弗斯是凡人中最有智慧且最謹慎的一個。然而根據另一個傳說，他其實是個專門攔路打劫的強盜。我覺得這兩者並無衝突。關於他為什麼被打入地獄做這個徒勞無功的差事，說法有很多種。有一說是他冒犯了眾神，洩漏了天機。河神阿索波（Asope）的女兒愛琴納（Egine）被天神朱比特（Jupiter）擄走，阿索波震驚女兒失蹤，便對薛西弗斯訴苦。薛西弗斯知道這樁擄人內情，答應對阿索波全盤托出實情，但要求對方賜水到柯林斯城（Corinthe），作為交換條件。即使上天雷霆震怒，他還是希望有水的恩賜。他因而被貶入地獄受罰。荷馬史詩中又敘述，薛西弗斯銬住了死神，冥王普魯頓（Pluton）受不了地獄裡蕭條枯寂的景象，派遣戰神去把死神從薛西弗斯手裡解救出來。

另外還有一說，薛西弗斯在臨死之際，草率冒失地想檢測妻子對他的愛。他命令妻子不必殮葬，把他的屍身丟在公共廣場中央就好。薛西弗斯在陰間醒來，對妻子只尊崇命令卻罔顧人性情感的做法非常氣憤，得到冥王的允許，重回陽間來處罰妻子。然而，當他重新見到這世間的面貌，嘗到水與陽光的美好、發燙的石頭與海洋，他再也不想回到那陰冷的地獄。召喚、怒火、警告，對他一點用都沒有。他在海灣邊，在燦爛的海水和大地的微笑之間度過了好幾年。眾神下了逮捕令，冥界引路人墨丘利（Mercure）前來逮捕了這大膽之徒，揪著他，剝奪了他的喜悅，強行將他拉回陰間，在那裡，巨石已準備好。

我們已經了解薛西弗斯是個荒謬人物，既因他的熱情，也因他遭受的折磨。對眾神的蔑視、對死亡的憎恨、對生命的熱情，這一切都讓他遭受到無法形容的酷刑，一生注定反覆著徒勞的動作。這是他對塵世的熱愛所必須付出的代價。神話中並未提及薛西弗斯在地獄的景況，因為神話就是靠讀者的想像力使其生動。在這則神話裡，我們只看見一個緊繃的身軀傾盡全身力量撐起一塊巨石，推著滾著朝向山頂，一次又一次重新開始；我們看見他扭曲的臉，臉頰緊貼著石頭，肩膀扛著覆滿泥土的巨石，一隻腳撐住，手臂再次挺舉，兩隻充滿人性篤定的手上沾滿泥土。在這無邊無際飄渺的時空裡，在漫長的努力之後，終於到達山頂。薛西弗斯看著巨石頃刻間朝著山下的世界滾落，必須再次從山腳推石上山頂。於是他朝山下走去。

薛西弗斯讓我感興趣的，正是這個回程，這片刻的緩衝時間。長期奮力貼著巨石的臉龐，已變成石頭本身！我看見這個人踏著沉重但規律的步履下山，走向不知何處是盡頭的折磨。這喘口氣的一刻，知道苦難會重新開始的這一刻，就是意識覺醒的一刻。從山頂走下，一步步走向眾神的巢穴時，這當中的每一個時刻，他都超越了命運。他比他的巨石還要堅硬。

這個神話的悲劇性，在於主人翁意識到了自身的遭遇。然而，若是他的每一步都有成功的希望支持著，何來苦難之有？今日，工人一輩子每天八小時幹著同樣的活，並不會比較不荒謬。但是只有在他意識到這荒謬的罕見時刻，才顯出悲劇性。薛西弗斯這眾神世界中的小人物，無力對抗卻又反抗，他清楚明白自己生存的境況是如此悲慘：這正是他走下山時所思考的。這個清醒洞悉折磨著他，卻也同時是他的勝利。只要蔑視命運，就沒有任何命運是不能被克服的。

*

走下山的這一程，有些時候很痛苦，但有些時候也很喜悅。喜悅這個詞並不誇張。我想像薛西弗斯朝巨石走回去時，一開始感受到的是痛苦。當塵世影像的記憶太過依戀，當幸福的召喚太過強烈，有時他心中會湧上悲傷：此時，巨石戰勝了，心中猶如壓著那個巨石。巨大的哀傷如此沉重，抬不動了。這是我們悲傷的受難夜。但是令人難忍的真實終究會被知道。就如同伊底帕斯剛開始並不知道自己聽從命運主宰。一旦知道，他的悲劇便開始了。但在此同時，失明又絕望的他，明白唯一將他和這個世界連結的，是一個年輕女孩的青春之手[119]。於是，他說了一句震撼無比的話：「儘管遭受了這麼多苦難與考驗，我的年紀與我崇高的靈魂讓我認為：一切都很好。」索福克勒斯（Sophocle）筆下的伊底帕斯，如同杜斯妥也夫斯基筆下的基里洛夫，標示出了「荒謬」的勝利。古代的智慧與現代的英雄氣概結合。

一旦發現了荒謬，很難不想嘗試寫出一本追求幸福的手冊。「啊！在荒謬那些狹窄的路……能尋到幸福嗎？」但是世界只有一個，幸福和荒謬是同一塊土地的兩個兒子，二者無法分開。若說幸福必定是從發現荒謬開始，是錯誤的；也有的時候，荒謬的感覺是來自幸福。「我認為：一切都很好。」伊底帕斯的這句話神聖不可侵犯，迴盪在粗暴且侷限的人類世界中，它告訴我們，一切並沒有、也從來都沒有被耗盡。它把帶來不滿和無謂苦痛的那個神驅逐出這個世界。它把命運變為一個屬於人的事務，必須靠人自己來解決。

薛西弗斯一切無言的快樂便是在此。他的命運屬於他自己。他的巨石是他的事。同樣的，荒謬之人正視自己的苦痛不安之時，就讓一切神祇都噤聲。在宇宙突然恢復的沉默之中，大地揚起千萬個驚喜的小聲音。每一個無意識的祕密呼喚、每一張臉孔的要求，都是勝利推翻神祇之後，必需的逆轉和代價。只要有陽光就會有陰影，也必須認識黑夜。荒謬之人接受這一切，也將不斷努力。倘若個人的命運的確存在，便不存在任何更高的命

119 伊底帕斯（Oedipe）是底比斯國王，在命運捉弄之下殺了自己父親，娶了自己母親。悔恨之餘，弄瞎了自己眼睛。「年輕女孩的青春之手」是故事結尾時，伊底帕斯的女兒安堤岡妮（Antigone）在他萬念俱灰且眼盲之時，牽著他的手，啟程前往雅典。譯註。

運，或者說，對於那個唯一的命定（人會死亡），他認為是無可避免而應該蔑視的。除此之外，他知道自己是生命的主人。人回到自己生命的這個微妙時刻，薛西弗斯返回他的巨石，凝視這一連串莫名其妙不相關的行動成為他的命運，這命運是由他創造出來的，在他的記憶中串聯起來，也將隨著他的死亡而封緘。他相信所有人性的事物都起源於人性，眼盲的人儘管知道黑夜沒有盡頭，還是想看見，因此他繼續走著，巨石也繼續滾動。

我就把薛西弗斯留在山腳下吧！他的巨石還在那裡。然而薛西弗斯表現出對荒謬的高超忠誠，拒絕任何神祇，扛起了巨石。他也是，他認為一切都很好。他覺得這再也無主宰的世界，自此再也不貧瘠，再也不會無意義。這塊巨石的每顆細沙粒，夜色中這座山每一塊岩石的光芒，都是一沙一世界。通向山頂的奮鬥本身，就足以充實人心。我們應當想像薛西弗斯是快樂的。

附錄

卡夫卡作品中的希望與荒謬

Appendice

L'Espoir et L'Absurde dans L'Oeuvre de Franz Kafka

卡夫卡作品的藝術特色，就是要讀者必須一讀再讀。故事的結局，或是毫無結局，都只暗示某些解釋，卻從未清楚明示，若要弄清楚這些隱晦的解釋，就必須以另一個新的角度再讀一次。有時候可能有雙重詮釋，所以必須閱讀第二次。這也是作者的本意。然而，想要詳細解釋卡夫卡作品中的一切細節，那就錯了。象徵意義通常是要放在廣泛的層面來看，就算詮釋得再精確，藝術家能做的也只是運用象徵，從字裡行間去揣摩。更何況，沒有比讀懂一部象徵作品更難的。象徵的意義總是超過象徵的物體，也超過作者意圖表達的。就這一點來說，想要抓住作品中的象徵意義，最適當的方法是不要繞著象徵打轉，不要一開始就以審視的態度去讀它，急著去找出其中隱含的思潮。尤其是面對卡夫卡的作品，最好的做法是接受他的遊戲規則，讀他的故事就從表象開始，讀他的小說就從外在形式開始。

對一個漫不經心的讀者來說，一開始看他的作品，只覺得是一些令人不安的怪異經歷，驚惶而固執的主角們捲入一連串莫名其妙說不清的問題之中。《審判》（*Le Procès*）一書中，主角約瑟夫．K（Joseph K.）被起訴。但是他不知道自己為什麼被起訴。他當然想替自己辯護，卻又不知道要辯護什麼。律師們也覺得案子棘手。然而，在這段期間，他並沒有忘記戀愛、吃飯、看報紙。接著他接受審判，法庭上一片昏暗，他一片迷惘。他約莫知道自己被判了罪，但是判了什麼罪呢，他也不太清楚。他雖然覺得有點不對勁，但還是好好地過日子。許久之後，兩名衣冠楚楚、彬彬有禮的男人前來，要他一同前去。他們客客氣氣把他帶到一個荒涼悲傷的市郊，把他的頭撞到石頭上，割開他的喉嚨。這被判了罪的人臨死前只說了一句：「像條狗一樣」。

像這樣一部最顯明的特質就是「自然」（le naturel）的作品，很難談論象徵。然而，「自然」是很難理解的一個層面。在某些作品裡，讀者覺得發生的事件很自然而然，但在某些其他的作品裡（的確比較少），是主角認為發生在他身上的事自然而然。經由一個奇特但明顯的矛盾，主角所遭遇的事愈是離奇，故事敘述卻愈是自然：這來自於讀者感覺到主角生命如此怪異，他卻能如此輕易地接受，這兩者之間的差距。卡夫卡的「自然」似乎就是這樣。而我們也察覺這就是《審判》要表達的。人們說這本書呈現人類生存的景況，這當然也對，不過事實比這個簡單又同時比這個複雜。我的意思是，這本小說的意義對卡夫卡來說，是比較特殊，比較個人的。在某種程度上，敘述者就是他本人，聽他懺悔的是我們。他活著，被判刑[120]。小說一開始，他就知道自己被判罪的事，他在現實生活中繼續這種被判罪的生活，就算試著改變這情況，一切終究在理所當然的情況下進行。他無比驚詫周遭都沒有人表示驚訝的態度。就是從這些矛盾中，我們看出一部荒謬作品的最初徵象。人把他精神的悲劇投射到具體的狀況，而他只能通過不斷的矛盾，讓顏色能夠呈現虛空，讓日常生活的動作能夠闡釋永恆的理想。

*

同樣的，《城堡》（*Le Château*）或許是一部現實的神諭，但它首先是靈魂追求恩典、人類探詢世間萬物內含的神聖祕密，與深藏在女人體內的神的跡象的一場個人旅程。

120 人活著注定會死亡，是被判了這個刑。譯註。

至於《變形記》（*La Métamorphose*），除了呈現了一個清晰意識所產生的恐怖意象，也表現了一個人發覺自己不費吹灰之力就能感受到變成昆蟲的自己，其中的無限驚詫。卡夫卡創作的祕密，就存在於這根本的曖昧不明之中。整本書中，自然的與奇異的、個人與整體、悲劇與日常、荒謬與邏輯之間不斷擺盪，賦予了作品共鳴和意義。必須舉出這些矛盾，強化這些衝突，才能了解荒謬作品。

既然談到象徵，就代表存有兩個層面：想法與感官的兩個世界，還有一部聯繫這兩個世界的辭典。最困難的就是建立聯繫這兩者的辭典。但是，意識到有這兩個世界存在，就已踏上通往它們祕密關聯的道路。在卡夫卡的作品中，這兩個世界一個是日常生活，另一個是對超越自然的憂慮[121]。我們似乎在此又聽到尼采不斷被引用的那句話：「偉大的問題就在街上。」

人的處境（這是所有文學作品關注的問題）之中，存在一種根本的荒謬，也同時存在一種無可撼動的偉大。很自然地，這二者並存。但我們要再重複一次，人的處境的荒謬與偉大，出現在以下二者之間荒唐可笑的離異：海闊天空不受羈束的心靈，與終會消亡的肉身歡愉。當肉體裡的心靈如此大幅度地超越了肉體本身，荒謬就出現了。若想要呈現這個荒謬性，只能從平行的對比來呈現。因此，卡夫卡藉由日常來顯現悲劇，由邏輯來顯現荒謬。

演員想扮演好悲劇角色的話，必須節制自己不誇張。他愈節制，引起的恐懼就愈強烈。就這一點，希臘悲劇裡的例子不勝枚舉。一部悲劇作品中，在邏輯與自然的面貌之下，更能凸顯命運。伊底帕斯的命運一開始就宣告了；命運超乎自然地決定了他的弒父與亂倫。整個悲劇都致力呈現一個邏輯系統，推論接著推論，終將實現主角的悲劇。倘若只是宣布這罕見的命運，我們並不會覺得恐怖，因為太匪夷所思了。但如果是在日常生活、社會、國家、親情這些架構中呈現，那麼，恐怖便出現了。人在奮力反抗這命運時，

121 以社會批判的方式去詮釋卡夫卡的作品（例如《審判》一書）也是完全有道理的。或許根本不必選擇詮釋角度，兩個詮釋方式都很好。如同我們前面見到的，以荒謬來說，對人的反抗也針對神：偉大的革命向來是形而上的。原註。

會說：「這不可能」，在這絕望的篤定之中，已經表示「這」是有可能發生的。

整個希臘悲劇的祕密就在於此，或說，至少是祕密的其中一個面貌。另外還有一個相反的面貌，可以讓我們更加了解卡夫卡。人的心態很奇怪，傾向於只把壓迫他的事稱為命運，但是幸福也是毫無理由、無法避免的呀。當幸福來臨的時候，現代人要不是看不到，要不就硬要把幸福歸結是自己應得的回報。相反的，希臘悲劇中有許多受到命運眷顧和備受關愛的主人翁，譬如尤里西斯（Ulysse），都是從最艱困的遭遇裡靠自己的力量脫身。這一點很值得深究。

總之，我們注意到的，是將邏輯與日常去和悲劇緊密連結在一起。這就是為什麼《變形記》的主角桑姆薩（Samsa）是個四處奔走的推銷員；這就是為什麼他面對自己變成昆蟲這怪異的經歷，唯一煩惱的是老闆會因他沒去上班而不高興。他身上長出蟲腳，冒出觸角，脊椎隆起，肚子上布滿白色斑點——我不是說他不訝異，如果這樣效果就出不來了——但是這只讓他「有一點點煩惱」。整個卡夫卡的藝術就在這細微的差異之間。在他最重要的著作《城堡》裡，日常生活的細節佔了非常重要的地位。然而，在這部怪異的小說裡，什麼都沒有任何結果，一切都不斷重新開始，根本上呈現的是一場心靈追尋恩典的歷程。把抽象問題化為劇情，讓普遍與特殊同時並存，這是所有偉大創作者的技巧。《審判》的主角大可以叫作許密特．卡夫卡或法蘭茲．卡夫卡，但他叫作約瑟夫．K，他不是卡夫卡，卻又是卡夫卡。他是個普通的歐洲人，可以是任何一個人。在這具體呈現中，K的實體就是未知數X。

同樣地，卡夫卡表達荒謬，用的方式是一致的連貫性。我們都聽過瘋子在浴缸裡釣魚的那個故事，一個自認為對心理治療有一套的醫生問他：「魚上鉤了嗎？」卻得來對方嚴厲的回答：「當然沒有，笨蛋，這是浴缸。」這個故事是巴洛克式的誇張，但能讓我們清楚掌握到，荒謬的效果是如何與過度的邏輯緊密相連。老實說，卡夫卡的世界是一個難以形容的世界，人在其中，儘管知道會一無所獲，卻仍容許自己在浴缸裡釣魚這種折磨人的奢侈行為。

因此，我在這裡看到一部忠於所有荒謬原則的荒謬作品。以《審判》來說，我必須說這是部完全成功的荒謬作品。具體戰勝了抽象。該有的元素一項都不缺，無論是未表明的反抗（雖然反抗是其所書寫的）、清晰而無聲的絕望（雖然絕望是其所創造的），或是小說中人物們直到最後死亡都令人訝異的自由態度。

＊

然而，卡夫卡筆下的世界並非看起來的那麼封閉。在這個毫無進展的世界裡，卡夫卡將會引入一個形式相當奇特的希望。就這一點來說，《審判》和《城堡》方向不同，二者彼此互補。從這兩部作品中，我們察覺到的幾乎看不見的的細微進展，代表著巨大的逃避完成了。《審判》提出問題，在某種程度上，《城堡》解決了這個問題。前者以近乎科學的方式描述了情況，但沒有結論。後者則在某種程度上，做了解釋。《審判》找出病因，《城堡》提供了藥方。但是這藥方治不了病，它只是把疾病引進日常生活之中，只是幫助我們承認接納這個病。就某種意義上來說（這讓人想到齊克果），甚至是讓人更珍愛這個疾病。土地測量員K無法想像除了啃噬自己的憂慮之外，世上還會有其他什麼憂慮。他周遭的人也一致投入這無以名狀的空洞和痛苦，痛苦像是戴上了一副別具尊榮的面具。「我多麼需要你，」芙麗達（Frieda）對K說，「自從我認識你之後，只要你不在身邊，我就覺得自己被拋棄了。」這難以拿捏的藥方讓我們愛上壓迫我們的事物，讓我們在毫無出口的世界裡興起希望，這個突兀的「思想跳躍」改變了一切，而這正是存在思想革命的祕密，也是《城堡》一書的祕密。

很少作品能像《城堡》推展得如此嚴謹。K受聘為土地測量員，來到了村子。但是村子和城堡之間完全無法溝通聯繫。在幾百頁的篇幅中，K固執地想找到通往城堡的路，想盡辦法、使詭計、試旁門左道，他從不發怒，抱著令人不解的忠誠，一心只想履行自己被聘任的職務。每一個章節都是一次失敗，也都是一個開始。這不是邏輯，而是堅持下去的精神。這堅持不懈塑造了這本小說的悲劇性。當K打電話到城堡時，電話裡傳來的是模糊的聲音，攙雜著隱約的笑聲。光是這樣就足以燃起他的希望，如同夏日天空中出現的某些徵兆，或是夜晚的那些誓約，構成了我們活下去的理由。在此，我們看出卡夫卡特有的憂鬱的祕密。其實就如同在普魯斯特作品、或是普羅提諾[122]學說裡感受到的，那種對失落樂園的惆悵。「當巴爾納巴斯（Barnabé）早上跟我說他要去城堡時，我變得非常憂鬱，」奧爾嘉（Olga）說，「這趟路或許是白走，這一天或許白費了，這希望或許會落空。」在這整本書裡，卡夫卡都在玩弄「或許」這細微的差距，然而「或許」並沒有起任何作用，一切都落空，這裡是小心翼翼地追求永恆神性而已。卡夫卡筆下這些受神啟示、像機器人的人物，反映的正是我們自己的影像——倘若我們被剝奪了「消遣」[123]，完全屈辱臣服在神面前，將會是什麼模樣。

在《城堡》裡，屈服於日常生活成了規範。Ｋ最大的希望，就是被城堡接納，因為靠自己的力量達不到，所以費盡力氣想成為村子的一員，想藉由擺脫村子居民讓他時時刻刻感受到自己是異鄉人的這個身分，從而獲得這個恩典。他想要的，是一個職業，一個家，一個正常健全的男人的生活。他再也不能忍受自己的瘋狂，他要自己理智，他要擺脫村民總把他視為異鄉人的怪異厄運。就這一點來說，和芙麗達的這一段意義重大。這個女人認識城堡中的一個官員，Ｋ之所以讓她成為自己的情婦，正是因為她和官員的那段過去。他在她身上汲取他自己做不到的——但同時也意識到，這段過去也使得她再也與城堡無緣。

這讓我們想到齊克果對雷琪娜・歐爾森那段怪異的愛[124]。在某些人身上，吞噬他們的永恆之火如此熱烈，甚至會殃及周遭人的心。把不是上帝的也歸於上帝，《城堡》這章節的主題，就是這致命的錯誤。但對卡夫卡而言，很顯然這並不是一個錯誤，而是一個教義和一個「思想跳躍」。沒有什麼是不屬於上帝的。

意義還更深長的一段，是土地測量員離開芙麗達，轉而親近巴爾納巴斯姊妹。因為巴爾納巴斯一家，是村子裡唯一被城堡和整個村子完全拋棄的一戶人家。姊姊阿瑪麗亞（Amalia）曾拒絕城堡一名官員的可恥求歡，導致她被招致排除在上帝眷愛之外的邪惡

---

122 普羅提諾認為「太一」是唯一的真實，是超越一切的存在。人生目的是擺脫塵世束縛，使知性昇華，最後與「太一」結合。他的學說被視為一個完善的宗教哲學系統。（並請參考註48）譯註。

123 在《城堡》中，兩名助手似乎代表巴斯卡所說的「消遣」，讓K忘卻煩惱。芙麗達最後成了其中一名助手的情婦，那是因為她寧願選擇外在而非真實，寧可選擇日常生活而非共同擔負焦慮。原註。（巴斯卡所說的「消遣」請見註9。譯註。）

124 齊克果曾愛上雷琪娜・歐爾森（Régine Olsen），並訂下婚約，但認為自己無法給她幸福，不久後取消了婚約。譯註。

厄運。不能為了上帝放棄自身的名譽，就是不配得到上帝的恩典。在此，存在哲學常見的一個主題再次出現：真實與道德的對立。這裡情況更進了一步，因為卡夫卡筆下人物走的路——從芙麗達到巴爾納巴斯姊妹，正是從信任上帝的愛走向將荒謬奉若神明的路途。在此，卡夫卡的思想又和齊克果相連。〈巴爾納巴斯姊妹的故事〉這章節放在整本書的最後，一點都不讓人驚訝。土地測量員最後的嘗試，是透過否定上帝的事物來尋求上帝——並非透過善與美，而是透過上帝冷漠、不公不義、仇恨的虛空醜陋面孔去找到祂。這個希冀被城堡接納的異鄉人，在旅途終點更加被流放了。因為，這一次，他是對自己不忠誠，他放棄了自己精神上的道德、邏輯、真實，滿懷著瘋狂的希望，只為了試著進入神的恩典這個荒漠[125]。

*

「希望」這個字眼在這裡並不突兀。相反地，卡夫卡筆下的情況愈是悲愴，這希望就愈頑強且令人費解。《審判》愈是荒謬，《城堡》激發的「思想跳躍」就愈顯得震撼而不合理。我們在此再次面對存在思想中最純粹的矛盾狀態，猶如齊克果所說的：「人們應該消滅塵世的希望，唯有如此，才能被真正的希望拯救。」[126]這句話我們可以這樣翻譯：「必須先完成《審判》，才能著手寫《城堡》。」

大部分人談論卡夫卡，都將他的作品定義為人生絕望的吶喊，沒有任何出口。但這一點還有待商榷。因為希望有很多種。亨利．波爾多[127]先生充滿樂觀的作品，我卻認為特別令人沮喪，因為平鋪直敘沒有思辨的餘地。相反地，馬爾羅的思想卻總是讓人振奮。但在這兩個例子裡，牽涉的既不是同樣的希望，也不是同樣的絕望。我只看到，一部荒謬作

125 我這裡說的自然是針對卡夫卡留下的《城堡》未寫完的原稿而言，然而，我很懷疑作者會在最後幾個章節打破整個作品的調性。原註。

126 真正的希望就是純粹的心靈。原註。

127 亨利．波爾多（Henry Bordeaux, 1870–1963），法國作家，作品充滿天主教—社會傳統價值，聲援女性及勞工的社會地位。譯註。

品本身竟能導致我想要避免的對荒謬的不忠。僅是針對徒勞的處境做出一連串沒有意義的重複，對所有會消逝的人與事懷抱清晰頌讚的作品，終致成為幻覺的搖籃。它解釋一切，賦予希望一種形式。創作者再也離不開這作品。作品再也不是本來應該呈現的悲劇，它給了作者生命的意義。

總之，我覺得十分奇怪，像卡夫卡、齊克果、舍斯托夫這些受到相似啟發的作品——簡單而論，就是討論存在思想的小說家與哲學家的作品——整個都傾向於談論荒謬和其後果，最終卻都轉而發出這一聲滿懷希望的吶喊。

他們擁抱吞噬他們的上帝。在這卑屈之中，希望竄進來了。因為，這生存狀態的荒謬，讓他們面對超自然的現實時覺得心安。倘若生命這條路通往上帝，意味著生命終究有個出口。齊克果、舍斯托夫、以及卡夫卡筆下人物的堅忍、頑強地一再重複他們的歷程，正是以另類的方式表現上帝這確定的力量。128

卡夫卡的上帝代表的不是崇高道德、真確、良善、和諧，但這讓他更投入上帝的懷抱。荒謬被認可、被接受，人只好屈從於它，從這一刻起，我們知道這已不再是荒謬。在人類生存的境況範圍之內，還有什麼比能逃開這生存境況更大的希望呢？相對於一般的看法，我再次看到存在思想被一個巨大的希望摩挲著，這和支持中古世界的原始基督教和福音傳布是同一個希望。但是，在整個存在思想的「思想跳躍」這個特徵裡，在這頑固的堅持裡，在這對一個毫無面貌的上帝的揣測裡，我們怎會看不出，其中已然標示了一個經過清晰洞察而做的自我否定呢？有人會說這只是為了自我救贖而放棄人的驕傲[129]，這放棄是深具建設性的。這種看法並沒有改變我們之前的說法。在我眼裡，清晰洞察的價值，並不會因為我們說它如同驕傲一般沒有建設性而有所削減；因為就定義而言，真實也是沒有任何建設性的[130]。所有明顯的事實亦是如此。在一切都設定好、缺乏解釋的世界裡，價值或形而上的建設性是沒有意義的概念。

128《城堡》裡唯一不抱任何希望的是阿瑪麗亞。土地測量員最為針鋒相對的也就是她。原註。

129 相信有更高的神的存在，便是放棄了人的驕傲。譯註。

130 真實就是真實，明顯事實就是明顯事實，沒有值得商榷、深究、乃至於修正改變的地方，因此不具建設性。譯註。

總之，我們在此看見卡夫卡作品是處在哪個思潮裡。事實上，把《審判》到《城堡》視為一個艱苦的過程，並不恰當。約瑟夫．K和土地測量員K只是吸引卡夫卡關注的兩個極端[131]。我想借用他的用詞，認為他的作品「或許」不是荒謬作品。然而這並不損及他作品的偉大與普遍性。這偉大與普遍性來自於，他知道如何表現日常生活中從希望到絕望、從絕望的智慧到自願盲目這個過程。他的作品具有普遍性（真正的荒謬作品是不具普遍性的），是因為呈現了人逃避人性時令人震撼的臉孔，人在矛盾中汲取相信上帝的理由、人在他那具建設性的絕望中找到希望的理由，人將學習習慣死亡的駭然過程稱為生命。之所以具普遍性，是因為它內含宗教的啟示性。如同在所有的宗教裡，人把他自身生命的重擔寄託在其中。儘管我知道這點，儘管我還是讚賞他，但是我知道自己追尋的不是普遍性，而是真實性。這兩者不盡相符。

以這個方式我們應該能看得更清楚，我認為真正絕望的思想，正是以他相反的標準來界定，悲劇作品應該是——在所有未來希望都被排除之後——描述一個快樂之人的一生。因為生命愈是令人雀躍，放棄它豈不是愈荒謬嗎？或許這就是尼采的著作之所以散發如此孤寂冷漠的原因。在荒謬思想領域裡，尼采似乎是唯一一個將荒謬美學發揮到極致的藝術家。因為，他對我們最終的啟示，依舊是不具建設性但征服一切的清晰意識，以及堅決否定任何超自然（神性）的慰藉。

前面所論述的，已足以確立卡夫卡作品在本書中的絕對重要性。我們被引領到了人性思想的邊界。我們可以用最完整的字義說，《城堡》這本書裡的一切都是不可或缺的。總之，他完整提出了荒謬這個議題。倘若我們將這些結論和本書之前的論述做個比較，將實質對照形式，將《城堡》深藏的意義對照整本小說進行的「自然性」手法，將K狂熱而驕傲的追尋對照這追尋過程的日常背景，我們就能明瞭它的偉大之處。因為，倘若對神性秩序的惆悵是人類的標記，或許沒有其他人能像卡夫卡一樣，賦予這些惆悵的行屍

---

131 卡夫卡思想中的這兩個極端，請比較〈在流放地〉中一句：「罪惡（指人的罪惡）向來是無可懷疑的」與《城堡》中一個片段（莫姆斯上呈的報告）：「土地測量員K的罪難以成立。」原註。〈在流放地〉（Au bagne）是卡夫卡一篇短文，於一九三八年翻譯為法文，刊登在《南方筆記雜誌》（*Cahier du Sud*）上。莫姆斯（Momus）是《城堡》書中城堡一官員的祕書。譯註。

走肉如此鮮明的血肉與立體感。然而，我們也同時更明瞭了一本荒謬作品所要求的那種獨特的崇高，這一點或許在《城堡》中找不到。倘若藝術的特性是讓普遍性貼近個體性，讓如一滴水般終會消亡卻源源不絕的永恆性連結到這滴水反射出的各種光線，那麼，我們認為荒謬作家的差異點，在於他知道介入這兩者之間。他的祕密在於他能在這不成比例的兩者之間，找到那個確切的交集點。

老實說，人與非人性這個精確的交會點，一個純粹的心靈到處都看得到它。如果浮士德和唐吉訶德都是傑出的藝術創造，正因為他們以塵世之手為我們揭示了無法度量的崇高。然而，終有一刻，人否定塵世之手將可觸摸荒謬的真相；終有一刻，創作不再只是悲劇，而變成被嚴肅對待的問題。那時，人就開始滋生出希望；但他該做的不是抱著希望，他該做的是排除任何慰藉的藉口。然而，在卡夫卡對整個世界提出的激烈訴訟最終，我發現的卻是這滋生希望的慰藉。到了最後，他令人不可思議的判決，判定筆下這醜陋而顛沛的世界無罪，在這世界裡，連活在陰暗地底的悲慘鼴鼠都開始滋生出希望。[132]

132 本章節所討論的當然只是卡夫卡作品的一個詮釋，我必須強調，除了這個詮釋之外，沒有任何理由不能從純粹美學的角度去詮釋。例如，B．柯杜森（B. Groethuysen）在他為《審判》寫的傑出序文裡，就比我們來得中規中矩，僅侷限於順著他令人訝異地稱為「醒著的睡者」的一連串痛苦想像。這部作品的命運，也或許是他偉大之處，正是它提供一切，卻什麼都不肯定。原註。

卡繆年表

一九一三年 十一月七日，阿爾貝．卡繆出生於法屬阿爾及利亞（Algeria）的蒙多維城（Mondovi，現為阿爾及利亞的德雷安〔Dréan〕）。

一九一四年 阿爾貝的父親呂西安（Lucien Camus）在一九一四年被徵召前往第一次世界大戰戰場，不幸陣亡，不識字的母親凱瑟琳（Catherine Hélène Sintès）帶著不到一歲的阿爾貝．卡繆投靠位在首都阿爾及爾郊區的娘家，靠打雜度日。

一九一八年 進入培爾克公立小學。

一九二三年 老師路易．傑曼（Louis Germain）推薦卡繆參加獎學金考試，卡繆獲獎學金進入阿爾及爾國立中學。在中學時期受老師柯尼葉（Jean Grenier）的引導，接觸眾家哲學思想。

一九三〇年 半工半讀就讀於阿爾及爾大學哲學系，同時也參加劇團。

一九三四年 與西蒙．海赫（Simone Hié）結婚，這段婚姻維持四年。

一九三五年 加入法國共產黨，隔年退黨。成立「工人劇場」（Théâtre du Travail），一九三七年改名為「團隊劇場」（Théâtre de l'Equipe）。隨劇團到阿爾及利亞各地演出。

一九三六年 大學畢業，學位論文為《從普羅提諾與聖奧古斯丁看希臘思想與基督教思想之關係》（*Les Rapports de l'hellénisme et du christianisme à travers les oeuvres de Plotin et de saint Augustin*）。

一九三七年 因為患過肺結核而不得參加大學哲學教師的考試。
散文《反與正》（*L'Envers et L'Endroit*）出版。

一九三八年 在《阿爾及爾共和報》（*Alger-Républicain*）擔任記者，報導社會底層貧農生活困境，之後也擔任各種報社裡的工作，包括新聞版面的編輯和文學版面的編輯。
戲劇《卡里古拉》（*Caligula*）完成。
改編杜斯妥也夫斯基的小說《卡拉馬助夫兄弟們》為戲劇演出。

一九三九年 散文《婚禮》（*Noces*）出版。
前往阿爾及利亞北部山區進行報導，揭露當地人民的生活困境，試圖呼籲法國政府改變對阿爾及利亞的政策。
自願從軍參與第二次世界大戰，但因為肺病而被拒。

一九四〇年 擔任接續《阿爾及爾共和報》的《共和晚報》（*Le Soir républicain*）主編。當局行新聞審查，卡繆不從，該報被封。

前往巴黎於《巴黎晚報》（*Paris-Soir*）任職，巴黎淪陷時與《巴黎晚報》編輯部撤離巴黎。

與法蘭桑·佛瑞（Francine Faure）再婚。

一九四一年 返回阿爾及利亞，住在奧蘭於一所私校任教，奧蘭即後來其小說《瘟疫》（*La Peste*）設定的背景城市。

參加法國抗德地下刊物《戰鬥報》（*Combat*）。

一九四二年 返回巴黎。

小說《異鄉人》（*L'Étranger*）與論文《薛西弗斯的神話》（*Le Mythe de Sisyphe*）出版。

一九四三年 到迦里瑪出版社擔任審稿員。

在沙特的戲劇《群蠅》（*Les Mouches*）排練場合與沙特初次見面。

一九四四年 戲劇《誤會》（*Le Malentendu*）上演。

一九四五年 二戰結束，卡繆是少數公開反對在日本投擲原子彈的文人。

成為《戰鬥報》總編。

一九四六年 前往美國演講。

離開《戰鬥報》。

一九四七年 小說《瘟疫》出版。

一九四八年 戲劇《戒嚴》（*L'État de Siège*）上演。

一九四九年 戲劇《正義者》（*Les Justes*）上演。

一九五〇年 《時事評論集 1944–1948》（*Actuelles I, Chroniques 1944-1948*）出版。

一九五一年 論文《反抗者》（*L'Homme Révolté*）出版。
沙特創辦的《現代》雜誌上關於《反抗者》的論戰持續一年，隔年沙特與卡繆決裂。

一九五四年 散文《夏》（*L'Été*）出版。
法國與阿爾及利亞戰爭爆發。

一九五三年 《時事評論集 1948–1953》（*Actuelles II, Chroniques 1948–1953*）出版。

一九五六年 前往阿爾及利亞，呼籲停戰，但卻不被雙方接受。
小說《墮落》（*La Chute*）出版。
改編福克納小說《修女安魂曲》為戲劇演出。

一九五七年 小說集《放逐與王國》（*L'Exil et le Royaume*）出版。
發表〈思索斷頭台〉（Réflexions sur la Guillotine）。
獲諾貝爾文學獎。

一九五八年　出版《阿爾及利亞時事評論集 1939–1958》（*Actuelles III, Chroniques Algériennes, 1939–1958*）。

一九五九年　著手撰寫自傳小說《第一人》（*Le Premier Homme*）。

改編杜斯妥也夫斯基小說《附魔者》為戲劇演出。

一九六〇年　一月四日車禍身亡。

一九六二年　《卡繆札記 I》（*Carnets I, Mai 1935–Février 1942*）出版。

一九六四年　《卡繆札記 II》（*Carnets II, Janvier 1942–Mars 1951*）出版。

一九七一年　小說《快樂的死》（*La Mort Heureuse*）出版。

一九八九年　《卡繆札記 III》（*Carnets III, Mars 1951–Décembre 1959*）出版。

一九九五年　小說《第一人》未完稿出版。

walk 014

薛西弗斯的神話 Le Mythe de Sisyphe

作　　者｜卡繆 Albert Camus
譯　　者｜嚴慧瑩
責任編輯｜林盈志
美術設計｜顏一立
內頁設計｜江宜蔚
校　　對｜呂佳真

出 版 者｜大塊文化出版股份有限公司
台北市 105022 南京東路四段 25 號 11 樓
www.locuspublishing.com
電子信箱｜locus@locuspublishing.com
服務專線｜0800 006 689
電　　話｜（02）8712 3898
傳　　真｜（02）8712 3897
郵撥帳號｜1895 5675
戶　　名｜大塊文化出版股份有限公司
法律顧問｜董安丹律師、顧慕堯律師

總 經 銷｜大和書報圖書股份有限公司
新北市新莊區五工五路 2 號
電　　話｜（02）8990 2588

初版一刷｜2017 年 8 月
初版十七刷｜2024 年 8 月
定　　價｜300 元
I S B N｜978-986-213-814-4

國家圖書館出版品預行編目 (CIP) 資料

薛西弗斯的神話 / 卡繆（Albert Camus）作 ; 嚴慧瑩 譯 .
-- 初版 . -- 臺北市 : 大塊文化 , 2017.08
面 ;　公分 . -- (walk ; 14)

譯自 : Le Mythe de Sisyphe
ISBN 978-986-213-814-4（平裝）

876.6　　　　106011853

L O C U S

LOCUS

L O C U S

LOCUS